Der beschädigte Wüstling

JOHN WILMOT,
EARL OF ROCHESTER

DER BESCHÄDIGTE WÜSTLING

SATIREN, LIEDER UND BRIEFE

herausgegeben, übersetzt und eingeleitet
von Christine Wunnicke

MännerschwarmSkript Verlag
Hamburg 2005

Die Übersetzung wurde mit Mitteln des Deutschen Übersetzerfonds e.V. gefördert.

Bibliografische Information der Deutschen Bibliothek
Die Deutsche Bibliothek verzeichnet die Publikation in der Deutschen Nationalbibliografie; detaillierte bibliografische Daten sind im Internet über http://dnb.ddb abrufbar.

Das Gedicht «Signor Dildo» ist 2004 als zweisprachige bibliophile Ausgabe im Verlag Klaus Renner erschienen.

John Wilmot, Earl of Rochester
Der beschädigte Wüstling – Satiren, Lieder und Briefe
Herausgegeben, eingeleitet und übersetzt von
Christine Wunnicke

Umschlaggestaltung: Carsten Kudlik, Bremen,
unter Verwendung einer Zeichnung von
Aubrey Beardsley
Druck: Finidr, Tschechien
1. Auflage 2005
ISBN 3 935596 70 7

MännerschwarmSkript Verlag
Lange Reihe 102 – 20099 Hamburg
verlag@maennerschwarm.de
www.maennerschwarm.de

All appetites are free, and God will never damn a man for allowing himself a little pleasure.

Charles II. von England

Inhalt

Das kurze Leben des John Wilmot, Earl of Rochester

Im Jahr 1644 wütete in England der Bürgerkrieg und der Royalist Henry Wilmot, Baron Wilmot of Adderbury, heiratete Ann St. John Lee, die verwitwete Tochter eines strenggläubigen Puritaners. Man konnte sich kein ungleicheres Paar vorstellen. Ann war eine eisenharte Dame mit Prinzipien und wenig Grazie, unerschütterlich in ihrer Gottesfurcht, selbstständig und selbstbewusst; Baron Wilmot ein Prahlhans und Charmeur, dessen Grundsätze sich mit dem Wind drehten. Er hatte seine Karriere als Soldat im Krieg gegen Schottland begonnen, sich dann kurz als Parlamentarier versucht, jedoch gleichzeitig mit den Königstreuen paktiert, weshalb er als Verräter im Tower landete. Im Bürgerkrieg kämpfte Wilmot zunächst auf der Seite Charles I., hielt es dann allerdings für günstiger, an einer Verschwörung gegen ihn teilzunehmen, die ihn fast den Kopf kostete. Er scherte sich nicht darum, dass er des Landes verwiesen wurde, sondern zog erneut für den König in die Schlacht, bald ein Draufgänger, bald ein Feigling, bald ein Meister der Strategie, bald «von so schwachem Verstand, dass er nicht zwei Dinge auf einmal denken konnte», wie ein Zeitgenosse schrieb. Er soff wie ein Bürstenbinder und spielte mit wüsten Anekdoten und schweinischen

Liedern gerne den Alleinunterhalter. Seine Soldaten liebten ihn.

Warum die Puritanerin Ann Lee dem Kavalier Henry Wilmot das Jawort gab, bleibt im Dunkeln. Vielleicht hielt sie es für opportun, eine Verbindung mit der royalistischen Partei einzugehen, für den Fall, dass die Parlamentarier im Bürgerkrieg unterlagen. Das Ehepaar Wilmot verbrachte nicht viel Zeit zusammen. 1646, auf der Durchreise zu einem Duell in Paris, zeugte Henry einen Sohn. Danach bekam ihn seine Frau nie wieder zu Gesicht.

1649 wurde Charles I. enthauptet und England zum freien Commonwealth erklärt. Die Theater wurden geschlossen, die Maibäume umgesägt, Tanz und weltliche Musik verboten: Die puritanische Revolution hatte gesiegt. Henry Wilmot avancierte zu einem der engsten Vertrauten des Exilkönigs Charles II. Er begleitete ihn nach Frankreich, Deutschland und Holland und er stand ihm auch zur Seite, als Charles inkognito in seine Heimat reiste.

Anders als der König hielt es Baron Wilmot dabei für unter seiner Würde, sich zu verkleiden. Seine Maskerade bestand einzig darin, dass er fortwährend einen Falken auf der Faust trug, was ihn jedoch nicht unauffälliger machte. Der Ausflug wurde dem König beinahe zum Verhängnis. In Schottland rettete ihm Henry Wilmot dann jedoch das Leben. Charles belohnte ihn mit einem Titel, den zu verleihen ihm jedes Recht fehlte: Baron Wilmot wurde zum ersten Earl of Rochester. Er starb, fünfundvierzig Jahre alt, 1657 in Holland. Auf seinem Totenbett nahm er dem König das Versprechen ab, sich um seinen Sohn zu kümmern. John Wilmot, plötzlich der zweite Earl of Rochester, war zehn Jahre alt und hatte seinen Vater nie gesehen.

John war am 1. April 1647 im Haus seiner Mutter in Ditchley in Oxfordshire geboren worden. Ann Wilmot lehrte ihn, dessen kann man gewiss sein, Tugend und Frömmigkeit. Sein Hauslehrer, ein junger Geistlicher, war so besorgt um die Sicherheit seines Schützlings, dass er ihn selbst nachts nicht aus den Augen lassen wollte und mit ihm unter einer Decke schlief. John wuchs heran zu einem schmalen, schüchternen Jungen mit blassem Teint, der oft errötete, wenn man ihn ansprach, und unter chronischer Verstopfung litt. Später behauptete er gerne, in dieser angeborenen Störung seiner Darmfunktion liege der wahre Grund für die stete Überhitzung seines Gehirns. Der zarte, fast ein wenig mädchenhafte John Wilmot ähnelte seinem untersetzten, knollennasigen Vater so wenig, dass es nur dem unbescholtenen Ruf der Mutter zu verdanken war, wenn die Nachbarn nicht auf ungezogene Ideen kamen. Im Gymnasium von Burford lernte John in kurzer Zeit hervorragend Latein und sämtliche Psalmen vorwärts und rückwärts. Er war nun schon Earl of Rochester, doch das machte sein Leben nicht amüsanter.

Im Januar 1660 wurde er auf Drängen seiner Mutter im Wadham College der Universität Oxford immatrikuliert. Als Herr von Stand verbrachte der Zwölfjährige seine Zeit weniger mit seinen Kommilitonen als mit den Würdenträgern, die den Sohn des legendären Henry Wilmot sofort ins Herz schlossen. Ein junger Don namens Phineas Bury leitete ihn liebevoll in seinen Studien an, ein anderer, der Mediziner Robert Whitehall, machte sich einen Spaß daraus, den kleinen Earl zu verderben. John war ein Blatt im Wind. Tagsüber studierte er mit Mr. Bury die Mathematik, nachts schlich er, verkleidet in einen viel zu großen Talar, mit Mr. Whitehall aus dem College, auf der Suche nach Brandy, Wein und den vereinzelten Strichmädchen von Oxford. Es war Schwerstarbeit, in dieser Zeit ein lasterhaftes Leben zu führen.

Im Mai 1660 änderte sich das von einem Tag auf den anderen: Nach elf Jahren Puritanismus restaurierte das Parlament die Monarchie. Oxford, stets eine geheime Hochburg der Royalisten, war im Freudentaumel. An Studieren war nicht mehr zu denken. Noch bevor Charles II. in Dover landete, befand sich England im Ausnahmezustand. «Mit der Wiederkehr des Königs», schrieb Gilbert Burnet, der viele Jahre später Lord Rochesters Beichtvater werden sollte, «überschwemmte ein maßloser Jubel das Land, der sich bald mit allerlei Ruchlosigkeit und Unmoral mischte. Die Bigotterie der vergangenen Jahre gereichte den Spöttern der Religion zum Vorteil, denn viele gingen ihnen nun in die Falle, da sie um jeden Preis vermeiden wollten, als Frömmler dazustehen. Die Herzen der Menschen waren in Hochstimmung nach der Zeit des Mangels; unter dem Vorwand, auf die Gesundheit des Königs zu trinken, kompensierte man die erlittenen Entbehrungen mit Tumult und Exzess.»[1]

Zur Feier der Thonbesteigung des heimgekehrten Königs verfasste Robert Whitehall im Namen seines Schützlings, der sich nun endlich mit vollem Recht Earl of Rochester nennen durfte und rund um die Uhr betrunken war, ein durchaus peinliches Jubelgedicht für «Seine Heilige Majestät», das indes sein Ziel verfehlte: Charles II. hatte in all der Aufregung Henry Wilmots Sohn völlig vergessen. Ein Jahr später versuchte der treue Whitehall wiederum sein Glück, diesmal mit einem missratenen Lamento auf den Tod der Königinmutter. Dies half der Erinnerung des Königs auf die Sprünge. Er setzte dem Studenten eine Pension von jährlich 500 Pfund aus und versprach, sich fortan wie ein Vater um ihn zu kümmern. Zunächst wollte er ihm eine dreijährige Kavalierstour durch Frankreich und Italien ausrichten. Im September 1661 verlieh der Kanzler der Universität Oxford dem Earl of Rochester mit einem formellen Kuss auf die linke Wange und gewiss ohne Prüfung den Titel eines Magister Artium. Der junge Gentleman schenkte dem Wadham College zum Abschied vier hochelegante silberne Bierkrüge, die man noch heute dort bewundern kann; vom Bildungsangebot der Universität hatte er seit den Restaurationsfeiern nie mehr Gebrauch gemacht.

Im November verließ Lord Rochester England - ein reichlich eingebildeter und einigermaßen konfuser vierzehnjähriger Alkoholiker mit rascher Auffassungsgabe, spitzer Zunge und einem komplizierten Temperament. Zu seinem Mentor hatte der König den schottischen Naturwissenschaftler Andrew Balfour bestimmt, einen liebenswürdigen Freigeist mit großem pädagogischen Talent. In kurzer Zeit hatte er seinen Schützling ausgenüchtert und machte sich nun daran, ihn für die Gelehrsamkeit zu begeistern - «mit vielen Tricks», wie Rochester später erzählte. Welche Route Balfour im Einzelnen wählte, ist heute nicht mehr zu rekonstruieren. Das erste Ziel war natürlich Paris, dann reisten sie wahrscheinlich über Lyon und Marseille nach

Italien und besichtigten Neapel, Rom, Florenz, Padua und Venedig. Balfours Tricks verfehlten nicht ihre Wirkung. Es gelang ihm, Rochester für klassische und moderne Literatur, ja sogar für Chemie und Medizin zu begeistern, und bald war der verlotterte Knabe aus dem Wadham College nicht wiederzuerkennen. Anders als die Mutter peinigte ihn Balfour nicht mit Gebeten, sondern vermittelte ihm eine aufgeklärte, auf der Vernunft gegründete Vorstellung von menschlicher Wohlanständigkeit, die sich Rochester voll und ganz zu Eigen machte.

1664 kehrten sie zurück nach Paris. Rochester durfte der Schwägerin von Louis XIV. die Hand küssen; sie war die Lieblingsschwester von Charles II. und gab dem Engländer einen Brief an ihren Bruder mit. In Dover trennten sich die Wege von Balfour und Rochester. Der junge Earl bereitete sich auf sein Debüt bei Hof vor und Andrew Balfour fuhr heim nach Schottland, wo er eine florierende Arztpraxis eröffnete. Er entließ seinen Zögling mit den besten Gefühlen. Anständig, belesen, klug und redegewandt, nüchtern wie eine Nonne, mit hervorragenden Manieren und einem ausgesprochen einnehmenden Äußeren würde der Siebzehnjährige gewiss eine glänzende politische oder militärische Karriere machen. Er war zwar noch immer ein wenig schüchtern, doch das würde sich bei Hof bestimmt bald geben. In diesem Punkt sollte Dr. Balfour Recht behalten.

Der «maßlose Jubel», den Gilbert Burnet bei den Restaurationsfeiern beklagte, war in London, und besonders am Königshof, innerhalb von vier Jahren keineswegs abgeebbt. Mit ungebrochener Kraft trieb man in Whitehall den

Dämon des Puritanismus aus. «Warum schimpft ihr so auf die Gepflogenheiten unserer Zeit?», fragte der Dramatiker Thomas Shadwell. «Es ist doch eine so aufrecht versoffene und verhurte Zeit, wie man sie sich nur wünschen kann!» Charles II., soeben bei der siebzehnten offiziellen Mätresse angelangt, ließ es sich trotz leerer Kassen wohl ergehen und gestattete das auch den Herrschaften seines Vertrauens. Um den wohl liebenswürdigsten König, der England je regierte, scharte sich eine große Clique durchaus geistreicher Gentlemen mit mehr als losen Sitten. Die Freizeitbeschäftigungen dieser so genannten *Merry Gang* unterhielten nicht nur den Hof. Im Jahr 1663 etwa, so Samuel Pepys in seinem Tagebuch, gefielen sich Sir Charles Sedley und Lord Buckhurst darin, in Covent Garden «am hellerlichten Tag auf den Balkon von Oxford Kate's Tavern zu kommen und sich dort nackend auszuziehen, sämtliche Posen der Wollust und Sodomie einzunehmen, die man sich überhaupt nur vorstellen kann, und dann die heilige Schrift zu lästern, indem sie von dieser Kanzel hinunter eine Quacksalberpredigt hielten, dass sie eine Medizin zu verkaufen hätten, welche bewirke, dass einem alle Fotzen der Stadt hinterherlaufen. Worauf Sedley ein Glas Wein nahm und seinen Schwanz darin wusch und es dann leerte, und dann das nächste Glas auf die Gesundheit des Königs trank». Passanten bewarfen die nackten Herren mit Steinen, vor Gericht wurden sie auch gestellt, doch da man nicht recht wusste, wie ihr Verbrechen juristisch zu klassifizieren sei, verhängte man eine Bewährungsstrafe, worüber die halbe Stadt lachte, und der Frohsinn ging in die nächste Runde. Acht Jahre später sollte Lord Rochester die Herren

Sedley und Buckhurst zu Taufpaten seines Sohnes bestimmen.

An Weihnachten 1664 erschien ein Komet am Himmel über London, und John Wilmot, Earl of Rochester, ein hoch gewachsener, ein wenig schlaksiger Jüngling im Galakleid, überreichte Charles II. den Brief seiner Schwester. Es ist anzunehmen, dass er dabei errötete. Ansonsten war sein Auftritt ein Muster an Eleganz. Es dauerte keine zwei Stunden, bis sich die Ankunft von Henry Wilmots hübschem Sohn herumsprach, und keine zwei Tage, bis der Hof sämtliche Lehren des braven Dr. Balfour zunichte gemacht hatte. Wechselte Rochester bloß das Kostüm oder verdarben die Sitten des Königspalastes zu Whitehall wirklich im Zeitraffer seine Moral? Gilbert Burnet plädiert für Letzteres: «Die natürliche Hitze seiner Phantasie, zumal wenn sie durch Wein angefacht wurde, machte ihn so unerhört vergnüglich, dass viele Leute, um von diesen seinen wilden Launen noch besser unterhalten zu werden, sich sehr darum bemühten, ihn immer tiefer in die Zügellosigkeit hineinzutreiben, bis sie ihn über kurz oder lang völlig in ihrer Macht hatte, so dass er, wie er mir erzählte, fünf Jahre lang ununterbrochen betrunken gewesen sei; nicht immer so sehr, dass es sichtbar wurde, doch in all dieser Zeit sei er nie genügend zur Abkühlung gekommen, um vollends Herr seiner selbst zu sein.»[2]

Rochester verehrte den Philosophen Thomas Hobbes. Einst der Mathematiklehrer von Charles II., verzehrte der alte Mann inzwischen sein Gnadenbrot in Whitehall und durfte bisweilen den König mit seinen verwegenen

Ideen unterhalten. Die Seele, so Hobbes, sei nichts als ein unsichtbarer Körperteil, ein Leben nach dem Tod mehr als unwahrscheinlich und die so genannte Moral lediglich eine Abmachung zwischen den Menschen, zum allgemeinen Nutzen darauf zu verzichten, einander zu zerfleischen, wie dies ihrem natürlichen Trieb entspreche: *homo homini lupus*. Der Mensch gehorche ausschließlich seinen Sinnen und Begierden, und zwar mit voller Berechtigung, denn was gut und böse sei, bleibe stets Geschmackssache und sei bestenfalls eine Frage der Ästhetik: «Jeder nennt das, was er genießt, das Gute, und böse nennt er, was ihm missfällt. Und weil jeder Mensch sich vom anderen in seiner Veranlagung unterscheidet, so unterscheidet sich auch die jeweilige Bestimmung von Gut und Böse. Selbst die Güte, die wir Gott zuschreiben, ist nichts als die Güte, die er uns entgegenbringt. Auf Lateinisch nennt man das Merkmal dessen, was gut ist, *pulchritudo* (Schönheit) und jenes, das das Böse kennzeichnet, *turpitudo* (Hässlichkeit).»[3]

Die Merry Gang und natürlich auch die dazugehörigen Damen empfingen Rochester mit offenen Armen. Der *Merry King*, wie man Charles sehr treffend nannte, schloss ihn ebenfalls in sein Herz. Auch Rochester liebte den König und zugleich setzte er sein Leben lang alles daran, ihn zu provozieren; und um Charles II. zu ärgern, bedurfte es einer nicht geringen Virtuosität.

Neben der ständigen Geldknappheit und der Syphilis, die aus den über hundert Bordellen von London längst in die Schlafzimmer des Adels vorgedrungen war, sah sich Whitehall vor allem durch eines bedroht: die Langeweile. Lord Rochester war das perfekte Gegengift und wurde bei Hof so beliebt, dass er bald als Nummer eins der Merry Gang durchgehen konnte. Er hatte Witz und Stil, die schlimmsten Unverschämtheiten flossen ihm charmant und gleichsam im Nebensatz von den Lippen, er war begabt darin, immer neue «extravagante Lustigkeiten» zu ersinnen, wie Burnet dies dezent ausdrückte, und auch sein Talent, mühelos anstößige Verse zu extemporieren, und seine recht offen zur Schau gestellte Bisexualität - beides bei Hofe sehr en vogue[4] - trugen zu seiner Popularität bei. Das Chamäleon Rochester war in einer Umgebung gelandet, deren Farben ihm bestens zu Gesicht standen. Nun musste er nur seine Finanzen regeln. Die Pension des Königs wurde selten ausgezahlt und auch die Mutter hielt ihn kurz: Es galt, eine reiche Frau zu heiraten.

Charles II. empfahl seinem Ziehsohn, um Elizabeth Malet zu werben, die fünfzehnjährige Enkelin eines verkommenen alten Kavaliers aus Somerset, der soeben bei Hof eingetroffen war. Elizabeth war hübsch, klug, eigensinnig und die Erbin eines beträchtlichen Vermögens. Trotz der Fürsprache des Königs gab man dem siebzehnjährigen Earl, der außer seinem Titel wenig anzubieten hatte, keinerlei Chance. Schon mehrere andere Bewerber bemühten sich um das störrische Mädchen und man schloss Wetten ab, wer sie wohl bekommen würde; der Name Rochester tauchte auf den Listen gar nicht erst auf. Er verzichtete freiwillig darauf, sich von Elizabeths Großvater auslachen zu lassen. Stattdessen versuchte er sein Glück bei Elizabeth. Er schmachtete sie an, er bombardierte sie mit Gedichten und im Mai 1665 mietete er einige bewaffnete Reiter, überfiel die Kutsche ihres Großvaters und entführte sie.

Rochesters Stil war, wie immer, exzellent. Niemand kam zu Schaden und die entwendete Erbin wurde in Obhut zweier Anstandsdamen und im Sechsspänner standesgemäß von dannen gebracht. Die Strategie allerdings ließ sehr zu wünschen übrig. Kaum war Elizabeth unterwegs, wurde Rochester in Uxbridge verhaftet; was er dort wollte, wusste er wahrscheinlich selbst nicht so recht. Elizabeths Ehre blieb unbefleckt, man brachte sie zurück nach Whitehall, wo sie heftiger denn je ihre Bewerber abwehrte, während der König Lord Rochester in den Tower sperren ließ.

Drei Wochen und ein demutsvolles Gnadengesuch später war er wieder auf freiem Fuß. Doch Charles II. wollte ihn eine Weile los sein und zudem verfolgte er vielleicht auch pädagogische Ziele: Er schickte Rochester in den Krieg gegen Holland. Unter Lord Sandwich stach er mit der englischen Marine in See. Ziel der Unternehmung war ein Überfall auf die holländische Ostindien-Flotte, die sich, beladen mit Reichtümern, auf dem Heimweg befand. Alles deutete auf einen risikoarmen Beutezug hin. «Wir hatten die reiche Ladung der Ostindienfahrer schon fast untereinander aufgeteilt», schrieb Rochester an seine Mutter, «manche bekamen die Diamanten, andere die Gewürze, wieder andere die Seide, und ich für meinen Teil die Hemden und das Gold, weil mir das am nötigsten war.» Der Ausflug endete jedoch in einem der größten Desaster des zweiten holländischen Krieges. Die Engländer hatten darauf spekuliert, dass ihnen Norwegen für den Preis einiger ostindischer Schätze erlauben würde, den holländischen Frachtern im Hafen der Stadt Bergen aufzulauern. Zunächst schien dieser Plan auch zu gelingen, doch im letzten Moment, als die Holländer bereits kurz vor Bergen waren, überlegten es sich die Norweger anders. Plötzlich schien es ihnen nicht mehr günstig, Holland in den Rücken zu fallen, und sie verrieten den Hinterhalt. Es waren nun keine ahnungslosen Opfer mehr, die auf Bergen zusteuerten, sondern eine hochgerüstete Flotte, die den Handelsschiffen Deckung gab und gegen die Engländer strategisch sehr im Vorteil war. Mit zwei anderen jungen Offizieren, Mr. Montagu und Mr. Wyndham, trank sich Lord Rochester am Abend vor der Schlacht Mut an. Die Rede kam auf ein Leben nach dem Tod und Rochester vereinbarte mit Wyndham, falls einer von beiden am nächsten Tag ums Leben komme, wolle er dem anderen als Geist erscheinen und ihn über die Beschaffenheit des Jenseits informieren.

Vierhundert Engländer starben in der Schlacht vor Bergen. Der Offizier Wyndham verlor im Kanonendonner die Nerven und begann so zu zittern, dass ihn sein Freund Montagu in die Arme nahm. Sie wurden von einer einzigen Kugel zerfetzt. Rochester, der daneben stand, bekam keinen Kratzer ab. Das Bild blieb ihm sein Leben lang im Gedächtnis. Wyndhams Geist ließ sich nicht blicken. Rochester grübelte noch viele Jahre später darüber nach, was ihm das wohl zu sagen habe.

Im kommenden Mai stach er noch einmal in See. Frankreich und Dänemark hatten sich inzwischen mit Holland verbündet und die Engländer verloren bei einer Schlacht vor der eigenen Küste über sechstausend Mann. Rochester meldete sich freiwillig, als der Kommandant seines Schiffes einen Lebensmüden suchte, der bereit wäre, in einem offenen Boot das Schlachtgetümmel zu durchqueren, um einem anderen Schiff eine Nachricht zu überbringen. Rochester ruderte und er ruderte wieder zurück, unbehelligt, als kreuze er einen Ententeich. Man bewunderte ihn als einen Helden, über den Gott seine Hand hält. Rochester beendete hier seine militärische Laufbahn. Ebenso wie Charles II. war er kein großer Freund des Krieges.

Weder Holland noch die Pest noch der Brand von London hatten es vermocht, den englischen Königshof Maß und Anstand zu lehren. Während Elizabeth Malet noch immer ihre Bewerber hinhielt und sich inzwischen angewöhnt hatte, auf Rochesters Liebesgedichte ihrerseits in Versen zu antworten, brachte dieser rasch die 750 Pfund durch, die er als Belohnung für seine militärischen Verdienste erhalten hatte, und tat alles dafür, seinen Ruf als charmantester Wüstling von Whitehall zu festigen. Seine unzähligen Liebesabenteuer, die er gerne wie absurde Verwechslungskomödien inszenierte, aus denen er keineswegs immer als strahlender Held hervorging, unterhielten den Hof hervorragend. «Rochester ist zweifellos der geistreichste Mann des Königreichs», schrieb Mary Hobart, eine Ehrenjungfer der Duchess of York, «doch selbst den geringsten Tupfer Ehrgefühl suchen wir bei ihm vergebens. Sobald ihm eine Frau auch nur dreimal Gehör geschenkt hat, ist ihr Ruf dahin. Er schmeichelt uns, unterwirft sich all unseren Gefühlen, und während er selbst kein einziges Wort von dem glaubt, was er sagt, glauben wir ihm doch alles.» Die lesbische Miss Hobart war mit Rochester heftig aneinander geraten, da sie es beide auf dasselbe Mädchen abgesehen hatten. Der Hof war entzückt.

Auch mit anderer Leute Tratsch konnte Rochester jederzeit aufwarten. Es wurde ihm sogar nachgesagt, dass er seine Diener als königliche Schildwachen verkleidete, um stets über alles informiert zu sein, was in Whitehall vor sich ging. Er langweilte sich zu Tode. Seine gnadenlosen Spottverse über alles und jeden, die er damals meist noch nicht einmal niederschrieb, amüsierten andere mehr als ihn selbst. Für jedes harmlose Lied, für jedes innige Liebesgedicht konnte er aus dem Stand die schrecklichsten Zusatzstrophen erfinden. Wessen Name sich schlecht reimte, der schätzte sich glücklich. Einmal gelang es Rochester, mit einem unsäglichen Trinkspruch auf die Königin Charles II. so zu erschrecken, dass er zähneknirschend den Raum verließ. Rochester bildete sich stets viel darauf ein, weder mit seinen Versen noch mit Tratsch, Intrige und Verleumdung irgendetwas anderes im Auge zu haben als die bittersüße Freude des Augenblicks. Rufmord bereitete ihm das größte Vergnügen, doch zum eigenen Nutzen beging er ihn nicht. Die Gnade des Königs setzte er sein Leben lang immer wieder frohgemut aufs Spiel. Ehrgeiz schien ihm das abgeschmackteste aller Laster, die Politik interessierte ihn nicht und außerdem plante er nicht gerne im Voraus. Rochester ruderte durch Whitehall mit ähnlicher Gleichgültigkeit wie durch eine Seeschlacht. «Wenn auch immer ihm ein Wort auf der Zunge oder auf der Federspitze lag», schrieb der Comte de Gramont, «so ließ er es fliegen, ohne Rücksicht auf die Folgen.»

Nur seine Freunde wollte er nicht verlieren: Wen er einmal so nannte, dem blieb er treu. Hier war Rochester fast ein Romantiker. «Ich schere mich wenig darum, in welche Richtung die Welt sich dreht, solange mich meine Freunde mögen», schrieb er an den liebsten von allen, Henry Savile. Rochester hatte Savile 1665 bei Hof kennen gelernt, wo der jüngere Bruder von George Savile, Marquess of Halifax, wegen seiner Affaire mit der Duchess of York in aller Munde war. Henry Savile war vier Jahre älter als Rochester, ein trinkfester, cholerischer, witziger und gut aussehender Mann, der mit der Zeit allerdings etwas aus dem Leim ging, weshalb ihn Rochester gerne Sir Falstaff nannte. Obwohl Savile in seiner Jugend immer wieder in Ungnade fiel und seinerseits den Tower von innen kannte, machte er später eine schöne Karriere als Parlamentarier und Diplomat. Savile war Rochesters engster Freund, vielleicht auch für eine Weile sein Geliebter. Gewiss ist, dass sich beide sehr für die Kunstfertigkeiten junger Burschen erwärmen konnten und ihre Lieblinge bisweilen auch teilten oder tauschten.

Im Januar 1667 legte der König dem bankrotten Earl nahe, sich endlich um seine Zukunft zu kümmern. Rochester entführte zum zweiten Mal Elizabeth Malet. Diesmal landete er nicht hinter Gittern, sondern heiratete eine der begehrtesten Erbinnen von Whitehall. Die Braut war siebzehn, der Bräutigam neunzehn.

Ein paar Monate lang lebten die Eheleute Rochester wie ein Liebespaar. Dann trennten sich ihre Wege und John verfasste wütende Vers-Pamphlete gegen die Unsitte, sich zu verheiraten. Elizabeth lebte abwechselnd bei ihrer Familie in Somerset und in Adderbury bei Banbury, dem Gut, das John von seinem Vater geerbt hatte. John blieb in London oder kam zu Besuch aufs Land. Dort erholte er sich, las

Horaz und Montaigne, zeugte Kinder – insgesamt vier[5] – und versuchte das Trinken aufzugeben, was ihm nicht gelang. Er schrieb noch immer Liebesgedichte für Elizabeth, die besser wurden, seit sie keinen Zweck mehr erfüllen mussten. Elizabeth beklagte sich über seine Unzuverlässigkeit, John entschuldigte sich demütig und mit vielen Lügen, er gratulierte pflichtschuldigst zu jeder Entbindung und schickte Geschenke für die Kleinen, junge Hunde, Pariser Modepuppen. Obwohl das Geld bei Rochesters Heirat sicher die größte Rolle gespielt hatte, bemühte er sich sein Leben lang, das Vermögen seiner Frau nicht anzutasten.

Im März 1667 ernannte ihn Charles II. zum Gentleman der königlichen Kammerwache, was eine hohe Auszeichnung und zugleich eine Zumutung war. Die Kammerwächter mussten wochenweise das Schlafgemach mit dem König teilen, und da dieses stets von einer stinkenden Hundemeute mit Beschlag belegt war und Charles II. zu allem Überfluss auch noch Uhren sammelte, welche die ganze Nacht lang, und selten gleichzeitig, die Viertelstunden schlugen, machte das Amt wenig Freude.[6] König und Kammerwächter tranken sich vor dem Zubettgehen gemeinschaftlich ins Koma, um ein wenig Ruhe zu finden.

Im Oktober nahm Rochester seinen Sitz im House of Lords ein, obwohl er noch nicht volljährig war. Mit ihm debütierte einer seiner Erzfeinde, der gleichaltrige John Sheffield, Earl of Mulgrave, ein Angeber, den Rochester bei jeder Gelegenheit verspottete. Das House of Lords sah Rochester nur selten. Er verbrachte viel Zeit in den Bordellen der City. Manchmal erschien er dort in vollem Staat, manchmal verkleidete er sich als Bettler, Fischverkäufer, junges Mädchen, alter Puritaner oder was ihm sonst in den Sinn kam. Er konnte Akzent und Ausdrucksweise jedes Standes imitieren. «Wenn er in seinen seltsamen Masken umherging», schrieb Burnet, «so spielte er seine Rolle so natürlich, dass selbst jene, die um seine Verkleidung wussten, ihn kaum erkennen konnten.»

Im Februar 1669 notierte Samuel Pepys: «Gestern hat der König beim holländischen Botschafter gespeist und nach dem Essen tranken sie und es ging lustig zu. In Gesellschaft des Königs war unter anderem dieser wertvolle Bursche Rochester und der königliche Verwalter Tom Killigrew, dessen Heiterkeit und Tollerei Rochester derart auf die Nerven fielen, dass er ihm vor dem König eine Ohrfeige verpasste. Bei Hofe hört man viele böse Bemerkungen darüber, und dass sich der König billig mache, denn er hat Rochester nicht nur sofort verziehen, sondern ich sah ihn heute Morgen öffentlich auf und ab gehen, und diesen Rochester hatte er schon wieder bei sich, so freimütig wie je, es wird dem König zur ewigen Schande gereichen, so einen nutzlosen Schelm zum Gefährten zu haben.»

Der König gab dem Schelm einen Brief an seine Schwester und bat ihn, diesen umgehend nach Paris zu tragen. Rochester dankte ergebenst. Statt nach Frankreich fuhr er allerdings nach Newmarket zum Pferderennen – gemeinsam mit Charles II., den das nicht weiter zu stören schien. Rochester inszenierte ein kompliziertes Verwechslungsspiel in einem Landbordell, bei welchem der König der Betrogene war und sich köstlich amüsierte. Zwei Monate später reiste Rochester endlich nach Paris. Die Schwester von Charles II. musste ein großes Wehklagen anstimmen, bevor Louis XIV. dem Hofnarren seines Cousins auch nur gestattete, den Palast von Versailles zu betreten. Auch sonst war der Aufenthalt nicht erfreulich. Mitten auf dem Pont Rouge wurde Rochesters Sänfte überfallen und die Räuber stahlen ihm die Reisekasse und seine beste Perücke. In der Oper geriet er in eine Prügelei. Rochester war froh, als er wieder in England war. Er fühlte sich ohnehin nicht wohl. Zunächst fürchtete er, einen Nierenstein zu haben, dann verstand er, es war die Syphilis. Rochester war zweiundzwanzig Jahre alt und wurde nie wieder richtig gesund.

Es war keine seltene Krankheit. Rochester tat, was alle taten: Er gab sich in die Hände der «Zauberer in der Leather Lane». Die Kuren, denen man sich in den Schwitzhäusern von Holborn unterzog, würde heute wahrscheinlich niemand überleben. Abgesehen von Abführmitteln und Aderlässen verabreichte man ungeheure Mengen von Quecksilber, und zwar gleichzeitig oral, rektal und als eine Art Saunaaufguss. «Unser Zustand erlaubt uns nicht, Dir so zu schreiben, wie Du es verdienst oder wir es müssten, doch wenn ich irgendetwas für Euch tun kann, so lasst es mich wissen», schrieb Rochester an seine Frau. Das Dampfbad verwirrte nicht nur seine Personalpronomina. Als er aus der Leather Lane entlassen wurde, konnte er nicht stehen, kaum sprechen, und sah im Spiegel einen alten Mann. Er legte sich zu Bett und bestellte einen Priester – «nichts als eine Formsache», wie Burnet behauptete. Dann stand plötzlich ein Freund des verhassten Earl of Mulgrave vor Rochesters Tür und überbrachte feierlich die Forderung zu einem Duell.

«Man hatte mir zugetragen», schrieb Mulgrave später, «der Earl of Rochester hätte etwas über mich gesagt, was seiner Art entsprechend sehr bösartig gewesen sei. Ich schickte daraufhin Colonel Aston zu ihm, einen meiner heißblütigen Freunde, um ihn zur Rechenschaft zu ziehen. Rochester leugnete seine Worte und ich war in der Tat bald davon überzeugt, dass er sie nie gesagt hatte, doch allein die Behauptung, auch wenn sie gelogen war, zwang mich, den Streit auszutragen.»

Rochester machte alles falsch, was man nur falsch machen konnte. Statt um einen Aufschub zu bitten, was seinem Ruf gewiss nicht geschadet hätte, sagte er zu, sich mit Mulgrave zu treffen, wollte allerdings zu Pferd kämpfen, weil er nicht stehen konnte. Der König erfuhr von der Forderung und ließ Rochester in seiner Wohnung verhaften. Mit Hilfe seiner Diener gelang es ihm zu fliehen, und er erschien, betrunken und am Ende seiner Kräfte, am vereinbarten Treffpunkt. Mulgrave wollte nun doch zu Fuß kämpfen, da Rochesters Pferd besser sei als das seine. Rochester war einverstanden. Er ritt mit Mulgrave ein paar Meter weit zur nächsten Wiese, dann wurde ihm schlecht, er machte kehrt und erklärte vor allen Zeugen, er sehe sich nicht in der Lage, Mulgrave Satisfaktion zu geben. Am nächsten Tag wusste halb London, was geschehen war. «Was seinen Mut anging, war Lord Rochesters Ruf restlos ruiniert», schrieb Mulgrave. «Es tat mir fürchterlich Leid, dazu den Anlass gegeben zu haben.»

Rochester trug seine Schande mit Fassung. Auch die Syphilis – schließlich litt jeder darunter, vom König bis zur letzten Hure – nahm er ohne viel Selbstmitleid hin. Zwischen den einzelnen Krankheitsschüben gab es immer wieder gute Zeiten; durch eine Quecksilbervergiftung, die in der Leather Lane regelmäßig aufgefrischt wurde, ließ sich ein Earl of Rochester nicht unterkriegen. Nur in den schlimmsten Momenten versuchte er sich manchmal einzureden, er leide lediglich unter Nierensteinen; man müsste sie nur finden und herausschneiden und der Albtraum wäre vorbei.

Seit man ihn überall einen Feigling nannte, schliff Lord Rochester andere Waffen. Seine Gedichte wurden bitterer und besser, viele fürchteten sich, sein Missfallen zu erregen. Er pendelte zwischen der Stadt und dem Land, floh aus London zu seiner Frau und von seiner Frau, die sich in Adderbury pausenlos mit seiner Mutter zankte, schnell wieder zurück nach London. Mindestens einmal im Jahr, so der Comte de Gramont, fiel er beim König in Ungnade und konnte sich bei Hof nicht mehr blicken lassen. Auch mit seiner Frau überwarf er sich oft, und wenn beides zur gleichen Zeit geschah, quartierte sich der Obdachlose in Bath ein und versuchte, ob dort das Quecksilber anders schmeckte als in London. «Manchmal», schrieb er, «bin ich meiner selbst sehr müde.»

1674 machte ihn der König zum Jagdaufseher und Verwalter von Woodstock Park in Oxfordshire, dem malerischen Jagdrevier der englischen Könige seit der Zeit der Normannen. In der High Lodge hielt Rochester fortan Hof, wann immer es ihm seine Pflichten in Whitehall erlaubten. Er ging auf die Falkenjagd, züchtete Karpfen, amüsierte sich mit der Landjugend und mit chemischen Experimenten, und er empfing die handverlesenen Gentlemen, die er seine Freunde nannte. «Gibt es etwas Gutes auf Erden», schrieb er an Henry Savile, «so den Titel eines Freundes: Ohne diesen sind alle anderen doch nur absurd.»

Die schrecklichsten Gerüchte über Lord Rochesters Tun und Treiben in Woodstock erreichten den Hof. Als man 1677 plötzlich erzählte, der verrückte Earl habe eine Art Nudistenkolonie in Oxfordshire gegründet, war sogar Savile empört - oder nur eingeschnappt, dass er nicht hatte mitspielen können. Rochesters Frau und Mutter wurden in Woodstock Park nicht empfangen; viele Jahre lang verhedderte sich Rochester in immer neuen Ausreden und Lügen statt ein einziges Mal ein Machtwort zu sprechen. Wollte man Frauen in Woodstock sehen, so schickte man nach ein paar Bauernmädchen, steckte sie in die Badewanne und ging dann mehr oder minder galant mit ihnen um.

1675 verließ Lord Rochester die Waldeinsamkeit, um sich in London eine Tragödie seines Protegés Thomas Otway anzusehen. Er liebte das Theater. Hätte es sein Stand erlaubt, darüber waren sich seine Freunde einig, wäre er gewiss ein gefeierter Schauspieler geworden. Als Earl musste er sich jedoch damit zufrieden geben, in der Loge zu sitzen, manchmal ein wenig mitzuinszenieren oder Autoren und Darstellern gute Ratschläge zu geben. Neben Otway hatte er auch die verwegene Aphra Behn unter seine Fittiche genommen, die als erste Frau der Geschichte ihr Brot als Bühnenautorin verdiente, weiterhin George Etherege, der Rochester in seiner Komödie «The Man of Mode» in der Figur des Mr. Dorimant ein charmantes Denkmal setzte. Der jungen Nell Gwynn, die später eine Mätresse des Königs wurde, hatte Rochester mit Begeisterung beim

Rollenstudium geholfen und er hatte sich auch als Dramatiker versucht: mit der Bearbeitung eines Stückes von John Fletcher, «Lucina's Rape or the Tragedy of Valentinian», das er geschickt und brutal modernisierte und um die Figur eines jungen Eunuchen ergänzte, der sich auf offener Bühne mit Valentinian auf einer Couch vergnügt.

Rochesters theatralisches Meisterwerk war allerdings eine Veranstaltung, die man heute wohl am ehesten als Performance bezeichnen würde. Mitte der 1670er Jahre, als er bei Hof wieder einmal in Ungnade gefallen war, eröffnete er neben dem Tower eine Arztpraxis. Ein langbärtiger italienischer Mediziner namens Alexander Bendo (Lord Rochester) empfing dort, unterstützt von einer Assistentin (ebenfalls Rochester), seine Patienten und Patientinnen. In der ganzen Stadt hatte Dr. Bendo Handzettel verteilt, auf denen er seine Künste als Internist, Zahnarzt, Gynäkologe, Psychiater, Chirurg, Kosmetiker, Astrologe, Traumdeuter und was man sich sonst noch wünschen konnte, in umständlichen Worten anpries. «Mit Quecksilber», schrieb Dr. Bendo, «was eine sehr gefährliche Medizin ist, gehe ich, wenn überhaupt, nur sehr vorsichtig um, da ich mildere Heilmittel vorziehe.»

Obwohl seine Behandlungen recht kostspielig waren – nur einen guten Rat bekam man gratis –, strömten die Patienten in Bendos Praxis. Thomas Alcock, ein alter Diener von Lord Rochester, erzählte noch viele Jahre nach dem Tod seines Herrn dessen Tochter Ann mit Begeisterung die Geschichte von Alexander Bendo. «Gekleidet wie die Hexen von Macbeth», hätten Rochesters Leute in großen Kübeln Urin mit stinkendem Gummi verkocht, während

Dr. Bendo in einem bodenlangen grünen Mantel sein Zertifikat der Universität Montpellier an die Wand nagelte. Laut Alcock war jeder, von den Kaufleuten der City bis zu den Herrschaften von Stand, auf Alexander Bendo hereingefallen. Ob dem wirklich so war oder ob man nur mitspielte, ist heute nicht mehr festzustellen.

Thomas Otways Tragödie «Alkibiades», die Rochester 1675 besuchte, wurde verschandelt durch den unsäglichen Auftritt einer jungen Nebendarstellerin namens Elizabeth Barry. «Einige Personen von Geist und Qualität erklärten mit Nachdruck, diese Person werde nie in ihrem Leben auch nur irgendeinen Teil der Schauspielkunst erlernen können», berichtete ein Augenzeuge. Elizabeth war ungefähr sechzehn Jahre alt, ein etwas pummeliges Mädchen mit leicht schiefem Mund. Niemand wusste genau, wo sie herkam. Rochester sah sie und schloss mit seinen Begleitern eine Wette ab: In einem halben Jahr würde er dieses Wesen zu der besten Schauspielerin von England ausbilden. Er packte Miss Barry in seine Kutsche und nahm sie mit nach Woodstock.

Was die Schauspielkunst anging, wurde das Projekt Barry ein gewaltiger Erfolg. In monatelanger Feinarbeit schliff Rochester das Rohmaterial zu einem Brillanten. Dreißigmal dieselbe Bewegung, derselbe Satz, derselbe Augenaufschlag, unendliche Lesungen, Proben, Kostümproben. Er lehrte Elizabeth all seine Tricks: wie man einen erfundenen Charakter ausarbeitet, bis er einem passt wie eine zweite Haut, wie man Leidenschaften so glaubwürdig vorspielt, als kämen sie aus tiefstem Herzen. Elizabeth

Barry wurde die berühmteste englische Schauspielerin des späten 17. und frühen 18. Jahrhunderts. «Sie hatte eine erhabene Würde», schwärmte ihr Kollege Colley Cibber später, «ihre Mimik und Gestik waren hervorragend, voll majestätischer Anmut, ihre Stimme voll, rein und stark, so dass keine Leidenschaft sie je überforderte, und wenn sie Kummer oder Zärtlichkeit spielte, klang sie anrührend melodiös und weich. In der Kunst, Mitleid zu erregen, übertraf sie alle Schauspielerinnen, die ich je sah oder die man sich überhaupt nur vorstellen kann. In Szenen, welche Zorn, Trotz oder Unwillen verlangten, war sie ungestüm und Schrecken erregend; kurz, ihre Darstellung von Gefühlen war immer von einer hinreißenden Harmonie.»[7]

Nach einem halben Jahr durfte Rochesters Schülerin ihre Künste vorführen. Sie spielte in Stücken von Thomas Otway und Aphra Behn, Rochester lud den König und den halben Hof ein, der Applaus war ohrenbetäubend, die Wette gewonnen und Lord Rochester hatte sich mit achtundzwanzig Jahren wahrscheinlich zum ersten Mal in seinem Leben verliebt.

Elizabeth Barry zeichnete sich keineswegs durch einen fügsamen Charakter aus. Sie war Rochester zu Willen, kaum hatte sie Woodstock Park zum ersten Mal betreten – für eine Schauspielerin, zumal eine erfolglose, schickte es sich nicht, einen Earl warten zu lassen. Dies bedeutete jedoch nicht, dass sie sich alles gefallen ließ. Mit ihrem Erfolg auf der Bühne nahm ihr Selbstbewusstsein zu, und zudem merkte sie, wahrscheinlich mit Erstaunen, dass Rochesters Interesse an ihr nicht nachließ. Elizabeth Barry stellte ihre Forderungen. Sie verlangte Hauptrollen, Geld und Treue, und wenn sie unzufrieden war, brachte sie das sehr vehement zum Ausdruck. «Ihr seid völlig verrückt, Madam, und darum muss ich Euch umso mehr lieben», schrieb Rochester mit verstörter Begeisterung. Zehn Jahre lang hatte er bei jeder Gelegenheit für die freie Liebe plädiert, wobei er Männern und Frauen dieselben Rechte zugestand; Elizabeth lehrte ihn nun die Eifersucht. Sie betrog ihn mit George Etherege und einem halben Dutzend weiterer Männer, und wenn sie ihn nicht betrog, ließ sie ihn gerne im Unklaren. Rochester, obwohl selbst keineswegs treu, schrie Zeter und Mordio. Seine Briefe an Elizabeth Barry, die allerdings nur sehr zerstückelt überliefert wurden, sind voll von konfusen Klagen, Anschuldigungen und Verdächtigungen, als habe sich der Earl plötzlich in jene Figur verwandelt, die er in seinen Gedichten so oft verspottete: den paranoiden Hahnrei.

Die Beziehung dauerte mit Unterbrechungen fast drei Jahre - für Rochesters Verhältnisse eine Ewigkeit. 1677 bekam Elizabeth eine Tochter, die er anerkannte und dann aus der Obhut der Mutter entfernte, wahrscheinlich um diese für einen echten oder vermuteten Seitensprung zu bestrafen. Rochester kümmerte sich mit mittelmäßigem Eifer um die finanzielle Sicherheit seiner Tochter. Das Mädchen, das wie die Mutter Elizabeth getauft wurde, starb mit ungefähr dreizehn Jahren.

Als sich Barry 1678 endgültig von Rochester trennte, war er so krank, dass er sich nicht mehr viel Zeit gab. Sehr vorsichtig und weit davon entfernt, seinen Lastern abzuschwören, tastete er sich an ein Thema heran, das ihn sein

Leben lang ebenso interessiert wie geängstigt hatte: die Religion. Obwohl er es vielleicht gerne getan hätte, konnte er nicht plötzlich zu beten beginnen. Oft hatte sich Rochester als Atheist bezeichnet; der Titel stand ihm allzu gut zu Gesicht. An die Existenz eines Gottes glaubte er dennoch. Nur wie es um dessen Interessen und Befugnisse bestellt war, dessen war er sich nicht sicher. Er näherte sich dem Problem theoretisch. Solange es ihm seine Augen erlaubten – Syphilis oder Quecksilber beeinträchtigten zunehmend seine Sehkraft –, befragte er Seneca, Montaigne, die Bibel und viele theologische Traktate und kam doch zu keinem verbindlichen Ergebnis. Rochester zog Experten zu Rat. Zuerst wandte er sich an den Deisten und Hobbesianer Charles Blount, mit dem er langwierige und fruchtlose Diskussionen über Gott und die menschliche Seele führte; wahrscheinlich waren sich Rochester und Blount in ihren Anschauungen von vornherein zu ähnlich.

Dann bestellte er den schottischen Theologen Gilbert Burnet an sein Krankenbett. Die Empfehlung kam vielleicht von der Schauspielerin Jane Roberts, einer Geliebten von Rochester, Henry Savile und Charles II., die kurz zuvor an der Syphilis gestorben war. Burnet hatte ihr zur Seite gestanden und, so wurde gesagt, auf sanfte Weise ihre Seele gerettet. Der König konnte den ehrgeizigen und redegewandten Burnet, der als Beichtvater des Hofes keine Gelegenheit ausließ, ihm Vorwürfe zu machen, auf den Tod nicht ausstehen; es ist durchaus möglich, dass sich Rochester auch aus Trotz gerade an ihn wandte. Burnet war in seinen Anschauungen keineswegs orthodox. Beispielsweise weigerte er sich, die biblische Schöpfungsgeschichte anzuerkennen, und hielt die Natur und ihr Wachstum für ein autarkes, von Gott weitgehend unabhängiges System.

Fast ein Jahr lang diskutierten Rochester und Burnet sämtliche Fachgebiete der Theologie. Die Gespräche sind - natürlich aus Burnets Sicht, aber dennoch nicht übermäßig parteiisch - in seiner Biographie über Rochester nachzulesen, die er auf dessen Wunsch hin niederschrieb und nach seinem Tod veröffentlichte.

Solange er noch diskutieren konnte, war Rochester weit davon entfernt, seine Zweifel an der Religion abzulegen. Er beharrte darauf, dass Gott nichts anderes sei als eine undefinierbare höhere Macht «ohne jede Güte oder Gerechtigkeit». Die menschliche Seele sei zwar vielleicht kein Körperteil, das mit dem Tod zu Staub zerfiel, doch dafür, dass sie im Jenseits belohnt oder bestraft würde, gebe es keinen Beweis. Es gab jedoch, zu Rochesters Kummer, auch keinen Gegenbeweis. Er verstrickte sich in Sophistereien. Könne die Seele, die schließlich der Zeit unterworfen sei und sich demnach von Minute zu Minute wandle, denn wirklich im Augenblick des Todes für etwas zur Rechenschaft gezogen werden, was sie sich in einem ganz anderen Augenblick hatte zuschulden kommen lassen? Lord Rochester fürchtete sich. Erstaunlicherweise wirkt es nicht so, als hätte Burnet das ausgenützt, um sein störrisches Beichtkind unter Druck zu setzen. Diese Aufgabe übernahm wenig später Rochesters Mutter.

Im März 1680 nahm der nahezu erblindete Earl die Forderung zu einem Duell an, das nicht ausgetragen wurde, weil sein Gegner nicht erschien. Im April fuhr er mit dem König zum Pferderennen nach Newmarket. Von dort aus wollte er nach Somerset reiten, was ihm jedoch nicht mehr gelang. Man brachte ihn nach Woodstock Park, wo er auf der Türschwelle kollabierte. Seine Mutter, der nun niemand mehr den Zutritt verwehrte, erschien mit einer Horde von Geistlichen und wich nicht mehr von seiner Seite. Später kamen auch seine Frau und die Kinder. Drei Monate lang kämpfte Rochester mit dem Tod. Er hatte große Schmerzen und war nicht immer bei klarem Verstand. Man ließ ihn ständig zur Ader, verabreichte Opium und immer noch Quecksilber. Rochester tobte und schlug um sich, verlangte nach Ärzten statt Priestern, dann nach Priestern statt Ärzten. Anders als Burnet verschwendete seine Mutter keine Zeit mit theologischen Spitzfindigkeiten: Sie erzählte von der Hölle. In ihren Briefen machte sie keinen Hehl daraus, dass sie ihren Sohn lieber bekehrt sterben sah als in Sünde genesen.

Ein paar Zeilen aus Jesaja 53 sollen es gewesen sein, die Rochester Anfang Juni dann endlich zu Gott führten – «wir gingen alle in die Irre wie Schafe, aber der Herr warf unser aller Sünde auf ihn». Der ganze Haushalt stand staunend am Bett eines Erleuchteten. Rochesters Mutter betete rund um die Uhr, dazwischen verbrannte sie seine Gedichte. Der Sterbende diktierte glühende, zerknirschte, panische Briefe, bat seine Kinder unter Tränen um Vergebung, zuckte jedes Mal zusammen, wenn ihm seine Schmerzen in alter Gewohnheit einen Fluch entlockten. «Erspart ihm doch diesen melancholischen Wahnsinn», bat William Fanshaw, ein Freund von früher. Er wurde nicht wieder vorgelassen.

Auch Gilbert Burnet stand dem Sterbenden fast bis zum Schluss zur Seite. In seiner Biographie über Rochester umfasst die Geschichte von dessen dramatischer Bekehrung auf dem Totenbett, wofür der sündige Earl bis ins 20. Jahrhundert berühmter war als für seinen dichterischen Nachlass, gerade einmal vier Seiten. Dennoch wurde Burnets Buch, oft übel verstümmelt, immer wieder nachgedruckt, ja sogar ins Deutsche und Französische übersetzt - als eine Art Besinnungslektüre für reumütige Sünder. Obwohl er gewiss stolz darauf war, zu Rochesters Sinneswandel beigetragen zu haben, ist Burnet an diesem fragwürdigen Nachruhm unschuldig.

Außer seiner Mutter, seiner Frau und einem halben Dutzend Geistlicher harrte auch Rochesters Page und Geliebter Jean Baptiste de Belle-Fasse an seinem Sterbebett aus. Hätte Rochesters Mutter geahnt, welcher Art dieses Verhältnis war, hätte sie gewiss zu verhindern gewusst, dass Jean Baptiste großzügig im Testament bedacht wurde. Er erbte die wertvolle Garderobe und alle persönlichen Gegenstände seines Herrn.

Der zweite Earl of Rochester starb in den frühen Morgenstunden des 26. Juli 1680. Er war dreiunddreißig Jahre alt.

Eine Weile nach seinem Tod erzählte die Dramatikerin Aphra Behn, eines Nachts sei ihr Lord Rochesters Geist erschienen. Er verlor kein Wort über Himmel und Hölle, sondern gab ihr ein paar nützliche Ratschläge, wie man gute Komödien schreibt.

Zu den Gedichten

Lord Rochester, der heute im angelsächsischen Sprachraum als einer der wichtigsten englischen Dichter seiner Zeit gilt, hätte gewiss verwundert die Lippen gekräuselt, wenn man ihn einen hauptberuflichen Poeten genannt hätte. Das Verseschmieden war ein aristokratischer Zeitvertreib, den man mit Gelassenheit zu betrachten hatte; mit bezahlten Kritzlern machte man sich nicht gemein.

Erst als er erkrankte, scheint Rochester seine literarische Produktion halbwegs ernst genommen zu haben. Ob er schlicht mehr Zeit dafür fand, ob er sein eigenes Talent zu schätzen lernte, ob ihn sein zunehmender Welthass inspirierte oder ob er etwa doch auf eine kleine Unsterblichkeit spekulierte, muss dahingestellt bleiben. Erst in den letzten Jahren seines Lebens nahm sein Interesse wieder ab.

Rochesters Gedichte waren nicht für die Veröffentlichung bestimmt, was sich in vielen Fällen von selbst versteht. «My Lord Rochester hat diese Lieder nicht geschrieben, damit man sie in der King's Chapel als Choräle singt, und auch nicht für die Zimmer der Damen, für die Klausen von Geistlichen oder für irgendeine andere Öffentlichkeit, sondern für das private Vergnügen jener wenigen Glücklichen, denen er die Freude seiner Gesellschaft und die Ehre seiner Freundschaft gewährte», so Robert Wolseley, selbst einer der *happy few,* kurz nach Rochesters Tod. Die Gedichte sind in seltenen Fällen als Autograph und meist in Form mehrerer Abschriften überliefert, die Rochesters Fans zu ihrem Privatgebrauch anfertigen ließen. «Jeder war gierig danach, eine Kopie auch der wertlosesten Kleinigkeit aus Lord Rochesters Feder zu erhaschen», schrieb der Comte de Gramont. Eine solche kettenbriefartige Verbreitung führt natürlich dazu, dass die Texte verändert werden. Es gibt viele falsche Zuschreibungen[8] und Ergänzungen von fremder Hand. Um die Rekonstruktion eines verbindlichen Rochester-Kanons bemüht sich die Literaturwissenschaft seit Mitte des 20. Jahrhunderts.

Die meisten Gedichte in Strophenform sind als Lieder zu verstehen. Manche wurden vertont - etwa «Love and Life» und «Against Constancy» -, andere sind auf bekannte Melodien zu singen: «Signior Dildo» zum Beispiel folgt der alten Weise «Peg's Gone to Sea with a Soldier». Hier kann man davon ausgehen, dass halb London damit beschäftigt war, den Rundgesang mit eigenen Strophen zu ergänzen. Auch «Quoth the Duchess of Cleveland» ist in den meisten Kopien mit «Song» übertitelt; es ist nicht ohne Reiz, sich diesen Rufmord gesungen vorzustellen.

Im Leben wie im Schreiben war Rochester ein Chamäleon. Ständig wechselt er den Tonfall, die Versform und vor allem den Ich-Erzähler: Aus der Perspektive eines verliebten Mädchens schreibt er mit ähnlicher Selbstverständlichkeit wie aus der eines frustrierten alten Wüstlings.

Am beeindruckendsten gelingt ihm dieses Versteckspiel im «Brief von Artemisia an Chloe», der die Aussagen von zwei unglaubwürdigen Erzählerinnen ineinander verschachtelt und ins Zentrum eine Art Moritat über Verführung und Giftmord stellt, deren auf den ersten Blick eher schlichte Moral durch die Rahmenhandlung auf die vertrackteste Weise ad absurdum geführt wird. Man kann lange darüber rätseln, an welchen Stellen sich Lord Rochester selbst in dieser Satire verborgen hat.

1 Gilbert Burnet, «History of His Own Time» 1724/1734

2 Gilbert Burnet: «Some Passages of the Life and Death of the Right Honourable John Earl of Rochester» 1680

3 Thomas Hobbes, «The Elements of Law, Natural and Politic» 1640

4 vgl. Pepys, Juli 1663: «Sir J. Mennes und Mr. Batten erzählen, dass die Sodomie in England jetzt schon so gebräuchlich ist wie in Italien, so dass sich die Pagen schon bei ihren Herren beschweren.» Dabei war die Sodomie natürlich bei Todesstrafe verboten.

5 Ann (*1669), Charles (*1671), Elizabeth (*1674) und Malet (*1676). Da Charles seinen Vater nur um ein Jahr überlebte – auch Rochesters Frau starb bereits 1681 –, ist der Titel in dieser Linie erloschen.

6 Rochester hatte, so scheint es, nach dieser Erfahrung sein Leben lang einen Hass auf königliche Uhren. 1675, als er mit Freunden nachts im Park von Whitehall unterwegs war, brachte ihn der Anblick von Charles' Lieblingsuhr, einem riesenhaften, etwas phallusförmigen Freiluftchronometer, plötzlich so auf, dass er sie mit dem unsterblichen Ausruf «Dost thou stand here to fuck time?» kurz und klein schlug. Der König war nicht erfreut.

7 «An Apology for the Life of Colley Cibber, Comedian» 1740

8 Die pornographische Komödie «Sodom», die Anfang des 20. Jahrhunderts unter Rochesters Namen als Privatdruck auch auf Deutsch erschienen ist und seitdem mehrfach nachgedruckt wurde, ist ebenfalls mit größter Wahrscheinlichkeit nicht authentisch.

Gedichte

Upon his Drinking a Bowl

Vulcan, contrive me such a cup
  As Nestor used of old,
Show all thy skill to trim it up,
  Damask it round with gold.

Make it so large that, filled with sack
  Up to the swelling brim,
Vast toasts on the delicious lake
  Like ships at sea may swim.

Engrave no battle on its cheek,
  With war I've naught to do,
I'm none of those who took Maastricht,
  Nor Yarmouth Leaguer knew.

Let it no name of planets tell,
  Fixed stars or constellations,
For I am no Sir Sidrophel
  Nor none of his relations.

But carve thereon a spreading vine,
  Then add two lovely boys,
Their limbs in amorous folds entwine,
  The type of future joys.

Als er sein Weinglas leert

Mach einen Becher mir, Vulkan,
  wie Nestors, fein graviert,[1]
all deine Künste wende an,
  mit Gold sei er verziert.

So groß soll dieser Becher sein,
  fast wie der Ozean,
der Trinkspruch schwimmt in süßem Wein
  gleich einem schönen Kahn.

Und schmücke ihn mit Schlachten nicht,
  ich brauche keinen Krieg,
denn nie bestürmte ich Maastricht,
  bin nicht die Yarmouth League[2].

Auch Sterne sind nicht essenziell,
  Tierkreis, Planetenstand,
denn ich bin nicht Sir Sidrophel[3]
  und nicht mit ihm verwandt.

Der Schmuck soll dichtes Weinlaub sein,
  zwei süße Knaben auch,
umschlungen fest mit Arm und Bein,
  wie's bei der Liebe Brauch.

Cupid and Bacchus my saints are,
  May drink and love still reign,
With wine I wash away my cares,
  And then to love again.

Amor und Bacchus ehre ich,
  die Liebe, das Bankett,
Wein tröstet über Sorgen mich,
  dann auf ins nächste Bett.

1 Nestors Weinkelch, mit Goldnägeln beschlagen und goldenen Tauben geschmückt, ist in der Ilias beschrieben.

2 Englische Elitetruppe unter dem Duke of Monmouth im dritten holländischen Krieg

3 Lächerlicher Astronom in Samuel Butlers Verssatire «Hudibras»

Impromptu on Charles II

And now God bless our gracious King,
Whose word no man relies on,
He never spoke a silly thing
Nor ever did a wise one.

Impromptu auf Charles II.

Gott segne den König, der gnädig ist,
keiner glaubt ihm, was er verspricht,
nie sagt er etwas Dämliches
und Kluges tut er nicht.

Diese Verse wurden in England fast zum Sprichwort. Es wird erzählt, dass Charles II., der mit seinen Gentlemen beim Wein saß, allen gestattete, ihm ihre aufrichtige Meinung zu sagen - er wolle gewiss nichts übel nehmen. Rochester kam der Aufforderung mit diesem Trinkspruch als Einziger nach. Der König soll lachend applaudiert und hinzugesetzt haben, es sei kein Wunder, dass er im Reden klüger sei als im Tun, da er für seine Worte selbst verantwortlich sei und für seine Taten meistens die Minister.

Signior Dildo

You ladies all of merry England
Who have been to kiss the Duchess's hand,
Pray, did you lately observe in the show
A noble Italian, called Signior Dildo?

This signior was one of her Highness's train,
And helped to conduct her over the main;
But now she cries out: «To the Duke I will go!
I have no more need for Signior Dildo!»

At the Sign of the Cross in St. James's Street,
When next you go thither to make yourselves sweet
By buying of powder, gloves, essence, or so,
You may chance t'get a sight of Signior Dildo.

You'll take him at first for no person of note,
Because he appears in a plain leather coat,
But when you his virtuous abilities know,
You'll fall down and worship Signior Dildo.

My Lady Southesk, heavens prosper her for't!
First clothed him in satin, then brought him to Court;
But his head in the circle he scarcely durst show
So modest a youth was Signior Dildo.

The good Lady Suffolk, thinking no harm,
Had got this poor stranger hid under her arm.
Lady Betty by chance came the secret to know,
And from her own mother stole Signior Dildo.

Signor Dildo

Bemerktet Ihr, all Ihr englischen Damen,
die neulich zum Handkuss zur Duchess kamen[1],
den jüngst eingetroffenen Beau
von italienischem Adel: Signor Dildo?

Im Gefolge der Duchess kam er daher,
versüßte ihr den Weg übers Meer,
später jedoch verkündet sie froh:
«Mein Duke ist noch besser als Signor Dildo!»

Beim Kreuz in St. James Street: Passen Sie auf!
Dort könnten Sie nämlich, beim nächsten Kauf
von Handschuhen, Puder, Parfüm oder so,
einen Blick erhaschen auf Signor Dildo.

Er scheint zunächst kein Herr von Gewicht,
sein Ledermantel beeindruckt uns nicht,
doch seine Künste haben Niveau –
kniet hin und betet zu Signor Dildo!

Lady Southesk, Gott schütze sie, war so gescheit
ihn bei Hof einzuführen im seidenen Kleid,
doch zeigt er sein Haupt dort fast nirgendwo,
solch bescheidener Jüngling ist Signor Dildo.

Lady Suffolks Ehre bleibt unbefleckt,
weil sie den Signor in der Achsel versteckt.
Lady Betty indes sieht ihn sowieso
und stiehlt Frau Mama ihren Signor Dildo.

The Countess of Falmouth, of whom people tell
Her footmen wear shirts of a guinea an ell,
Might save the expense if she did but know
How lusty a swinger is Signior Dildo.

By the help of this gallant the Countess of Ralph
Against the fierce Harrys preserved herself safe.
She stifled him almost beneath her pillow,
So closely sh' embraced Signior Dildo.

Our dainty fine duchesses have got a trick,
To dote on a fool for the sake of his prick:
The fops were undone, did Their Graces but know
The discretion and vigour of Signior Dildo.

That pattern of virtue, Her Grace of Cleveland,
Has swallowed more pricks than the ocean has sand;
But by rubbing and scrubbing so large it does grow,
It is fit for just nothing but Signior Dildo.

The Duchess of Modena, though she looks high,
With such a gallant is contented to lie,
And for fear the English her secret should know,
For a Gentleman Usher took Signior Dildo.

The Countess o'th'Cockpit (who knows not her name?
She's famous in story for a killing dame),
When all her old lovers forsake her, I trow
She'll then be contented with Signior Dildo.

Lady Falmouth, so heißt's, stecke ihre Lakaien
in Hemden, die ein Goldstück pro Elle wert seien.
Ihr ökonomisches Risiko
wäre deutlich geringer mit Signor Dildo.

Mit der Countess of Ralph hat er auch verkehrt,
weshalb sie sich gegen die Harrys[2] wehrt.
Sie umarmt ihn so fest unter ihrem Plumeau,
fast erstickt er im Kissen, Signor Dildo!

Unsre zierlichen Damen in all ihrem Glanz
nehmen gerne auch Narren – Hauptsache Schwanz.
Das Ende für manch einen Gigolo
sind Anstand und Kräfte des Signor Dildo.

Lady Cleveland[3], eine Dame von Tugend und Stand,
verschluckte mehr Schwänze als der Ozean Sand.
Durch ewiges Rubbeln ward Myladys Depot
für alle zu groß – außer Signor Dildo.

Die Duchess of Modena scheint sehr urban,
doch auch sie ist zufrieden mit solchem Galan.
In England wahrt sie sein Inkognito
und verkleidet als Butler den Signor Dildo.

Die Gräfin vom Cockpit[4] (wer kennt sie nicht?
Eine gefährliche Dame, so sagt der Bericht) –
wenn ihr letzter Freund aus dem Schlafzimmer floh,
bequemt wohl auch sie sich zu Signor Dildo.

Red Howard, red Sheldon, and Temple so tall
Complain of his absence so long from Whitehall;
Signior Bernard has promised a journey to go
And bring back his countryman Signior Dildo.

Doll Howard no longer with's Highness must range,
And therefore is proffered this civil exchange:
Her teeth being rotten, she smells best below,
And needs must be fitted for Signior Dildo.

St. Albans, with wrinkles and smiles in his face,
Whose kindness to strangers becomes his high place,
In his coach and six horses is gone to Borgo
To take the fresh air with Signior Dildo.

Were this signior but known to the citizen fops,
He'd keep their fine wives from the foremen of shops;
But the rascals deserve their horns should still grow
For burning the Pope and his nephew Dildo.

Tom Killigrew's wife, north Holland's fine flower,
At the sight of this signior did fart and belch sour,
And her Dutch breeding farther to show,
Says: «Welcome to England, Mynheer Van Dildo!»

He civilly came to the Cockpit one night,
And proffered his service to fair Madam Knight.
Quoth she: «I intrigue with Captain Cazzo,
Your nose in mine arse, good Signior Dildo!»

Howard, Sheldon, die Roten, und Temple, die Lange –
wenn er fort ist aus Whitehall, wird ihnen sehr bange.
Signor Bernard, gerührt vom Ach und vom Oh,
bringt den Landsmann zurück: den Signor Dildo.

Doll Howard darf nicht mit der Hoheit verkehren,
doch jeglichen Trost muss auch sie nicht entbehren.
Ihre Zähne sind faul, sie riecht besser am Po,
drum passt sie perfekt zum Signor Dildo.

St. Albans, stets lächelnd und voller Falten,
ist bekannt dafür, Fremde in Ehren zu halten.
Im Sechsspänner fährt er bis nach Borgo
und genießt die Natur mit Signor Dildo.

Bei Kaufleuten war er noch nicht en vogue,
weshalb jede Frau ihren Gatten betrog.
Doch Hörner verdienen sie sowieso:
Sie verbrannten den Papst und seinen Neffen Dildo![5]

Tom Killigrews Frau, aus Nordholland geschickt,
furzt und rülpst sauer, als sie ihn erblickt.
Dann erst begrüßt sie ihn, comme il faut:
«Willkommen in England, Mynheer Van Dildo!»

Eines Abends im Cockpit, stets dienstbereit,
empfahl der Signor sich auch Madame Knight.
Doch sie sprach: «Ich empfange den Grafen Cazzo,
mir in'n Arsch Eure Nase, Signor Dildo!»

This signior is sound, safe, ready and dumb
As ever was candle, carrot, or thumb;
Then away with these nasty devices, and show
How you rate the just merits of Signior Dildo.

Count Cazzo, who carries his nose very high,
In passion he swore his rival should die;
Then shut up himself to let the world know,
Flesh and blood could not bear it from Signior Dildo.

A rabble of pricks who were welcome before,
Now finding the Porter denied 'em the door,
Maliciously waited his coming below
And inhumanly fell on Signior Dildo.

Nigh wearied out, the poor stranger did fly,
And along the Pall Mall they followed full cry;
The women, concerned, from every window
Cried: «Oh! for heaven's sake, save Signior Dildo!»

The good Lady Sandys burst into a laughter
To see how the ballocks came wobbling after,
And had not their weight retarded the foe,
Indeed 't had gone hard with Signior Dildo.

Der Signor ist ein sehr praktischer Brauch
wie Kerze, Karotte und Daumen auch.
Drum fort mit dem Zeug, so scheußlich und roh,
erprobt lieber die Dienste des Signor Dildo!

Graf Cazzo, die Nase zum Himmel gereckt,
schwört Tod dem Rivalen, welcher ihn neckt.
Schon verkündet der Graf coram publico,
Fleisch und Blut triumphiert über Signor Dildo.

Horden von Schwänzen, einst so begehrt
finden jäh allerorten den Zugang verwehrt.
Sie lauern ihm auf und mit lautem Hallo
attackieren sie grausamst den Signor Dildo.

Der geschundene Fremde, ermattet zur Gänze,
rennt entlang die Pall Mall, hinterher alle Schwänze.
Die Damen schrei'n Zeter und Mordio:
«Oh gnädiger Himmel, schütze Signor Dildo!»

Lady Sandys muss lachen, denn allzu schwer
wackeln hinter den Schwänzen ihre Eier einher.
Der Ballast war zu groß und darum entfloh
zwar knapp, aber heil unser Signor Dildo.

1 Anlass des Gedichts ist die Heirat des Duke of York mit Maria von Modena im November 1673. Die italienische Braut bringt laut Rochester den Dildo, eine brandneue Erfindung aus ihrem Heimatland, nach London mit.

2 Wahrscheinlich handelt es sich um den Schauspieler Henry Harris und um Rochesters Freund Henry Savile, die beide dieselbe Countess belagerten.

3 Siehe Seite 59

4 Das Cockpit, eigentlich so viel wie Hahnenkampfplatz, war ein Teil der Palastanlagen von Whitehall, wo sich auch ein Theater befand. Gemeint ist wahrscheinlich die Schauspielerin und langjährige Mätresse des Königs Nell Gwynn. Als einzige von Charles' Mätressen bekam sie keinen Adelstitel.

5 Die Kaufleute der City of London waren häufig Puritaner und glühende Antikatholiken, weshalb sie oft das Bild des Papstes verbrannten.

«Verschluckte mehr Schwänze als der Ozean Sand»

Barbara Palmer, Duchess of Cleveland

Quoth the Duchess of Cleveland

Quoth the Duchess of Cleveland to counsellor Knight,
«I'd fain have a prick, knew I how to come by 't.
I desire you'll be secret and give your advice,
Though cunt be not coy, reputation is nice.»

«To some cellar in Sodom Your Grace must retire,
Where porters with black-pots sit round a coal-fire;
There open your case, and Your Grace cannot fail
Of a dozen of pricks for a dozen of ale.»

«Is 't so?» quoth the Duchess. «Aye, by God!»
quoth the whore.
«Then give me the key that unlocks the back door,
For I'd rather be fucked by porters and carmen,
Than thus be abused by Churchill and Jermyn.»

Sprach die Duchess of Cleveland

Sprach die Duchess of Cleveland zur Beraterin Knight[1]:
«Ich hätt' gern 'n Schwanz, es ist an der Zeit.
So gebt mir bitte verschwiegenen Rat,
meine Fotze ist dreist, doch mein Ruf delikat.»

«Ihr müsst Euch, Mylady, nach Sodom[2] begeben,
wo Kutscher und Knechte die Krüge heben.
Dort lüftet den Schleier, so findet Ihr
ein Dutzend Schwänze für ein Dutzend Bier.»

«Ach ja?», sprach die Duchess, die Hure:
«Durchaus!»
«So will ich den Schlüssel nach hinten hinaus.
Mich ficken in Zukunft die Ärmsten der Armen
und nicht die Herren Churchill und Jermyn.[3]»

1 Rochesters Cousine Barbara Palmer, geborene Villiers, zuerst Lady Castlemaine, dann Duchess of Cleveland, war die teuerste und unleidlichste Mätresse Charles' II. Auch Mary Knight, eine Sängerin, stand dem König zu Diensten.

2 Spitzname einer verrufenen Gegend an der Themse

3 Zwei der unzähligen Liebhaber der Duchess of Cleveland

Love a Woman?

Love a woman? Th'rt an ass!
'Tis a most insipid passion,
To choose out for thy happiness
The dullest part of God's creation.

Let the porter and the groom,
Things designed for dirty slaves,
Drudge in fair Aurelia's womb
To get supplies for age and graves.

Farewell, woman! I intend
Henceforth every night to sit
With my lewd, well-natured friend,
Drinking to engender wit.

Then give me health, wealth, mirth and wine,
And if busy Love entrenches,
There's a sweet soft page of mine,
Can do the trick worth forty wenches.

Du liebst ein Weib?

Du liebst ein Weib? Welch Eselei!
  Passion der abgeschmackten Laffen!
Als ob das Glück gegründet sei
  aufs dümmste Ding, das Gott geschaffen!

Der schmutz'gen Knechte Zeitvertreib
  sei solche Fron; ein paar Momente
in Aurelias Unterleib
  versorgen sie mit guter Rente.

Adieu, Weib! Fortan sei mein Sitz
  stets bei meinem lieben frechen
Freunde, und wir zeugen Witz,
  während wir die Nacht durchzechen.

Gebt mir Gesundheit, Freude, Wein,
  und um Gott Amor zu beschwören,
ruf ich den Pagen, süß und fein,
  der's besser kann als vierzig Gören.

On the Women About Town

Too long the wise Commons have been in debate
About money and conscience, those trifles of state,
Whilst dangerous grievances daily increase,
And the subject can't riot in safety and peace;
Unless, as against Irish cattle before,
You now make an act to forbid Irish whore.

The coots black and white, Clanbrassill and Fox,
Invade us with impudence, beauty and pox.
They carry a fate which no man can oppose:
The loss of his heart and the fall of his nose.
Should he dully resist, yet would each take upon her
To beseech him to do it, and engage him in honour.

O ye merciful powers who of mortals take care,
Make the women more modest, more sound, or less fair!
Is it just that with death cruel love should conspire,
And our tarses be burnt by our hearts taking fire?
There's an end to communion if humble believers
Must be damned in the cup like unworthy receivers.

Über die Frauen, die in der Stadt unterwegs sind

Das Unterhaus hat nun schon lang debattiert
über Geld und Moral, wie man England regiert,
dabei droht die Gefahr, dass der Untertan
nie mehr sicher und friedlich krakeelen kann,
denn es fehlt das Gesetz, nach all den Disputen
über irisches Vieh: gegen irische Nutten.[1]

Clanbrassill und Fox[2], schwarz und blond, die Famosen,
importieren die Schönheit und die Pest der Franzosen.
Fatal sind die Damen, was keinen vergrault,
man verliert sein Herz und die Nase verfault.
Und sollte ein Feigling trotz allem sich wehren,
sie werden ihn, bei seiner Ehre, bekehren.

Oh ihr Götter, besorgt um die sterblichen Kinder,
macht die Frauen doch hässlicher, keuscher, gesünder!
Oder ist mit der Liebe der Tod stets zusammen,
dass Schwänze verbrennen, wenn Herzen entflammen?
Die Kirche bleibt leer, auch die Frömmsten gehn stiften,
wenn sie sich wie Sünder am Messkelch vergiften.[3]

1 In den 1660er Jahren verabschiedete das Parlament einen Erlass gegen den Import von irischem Vieh, was für Irland eine Katastrophe war.

2 Alice, Lady Clanbrassill, wurde von irischer Seite Charles II. als Mätresse angeboten. Fox: wahrscheinlich Jean Fox, eine irische Streunerin

3 Wer das Abendmahl nimmt, ohne gebeichtet zu haben, wird von Gott gestraft.

A Ramble in St. James's Park

Much wine had passed, with grave discourse
Of who fucks who, and who does worse
(Such as you usually do hear
From those who diet at the Bear),
When I, who still take care to see
Drunkenness relieved by lechery,
Went out into St. James's Park
To cool my head and fire my heart.
  But though St. James has th' honour on't,
'Tis consecrate to prick and cunt.
There, by a most incestuous birth,
Strange woods spring from the teeming earth,
For they relate how heretofore,
When ancient Pict began to whore,
Deluded of his assignation
(Jilting, it seems, was then in fashion),
Poor pensive lover, in this place
Would frig upon his mother's face;
Whence rows of mandrakes tall did rise,
Whose lewd tops fucked the very skies.
Each imitative branch does twine
In some loved fold of Aretine,
And nightly now beneath their shade
Are buggeries, rapes and incests made.
Unto this all-sin-sheltering grove
Whores of the bulk and the alcove,
Great ladies, chambermaids and drudges,
The ragpicker and heiress trudges.

Spaziergang im St. James Park

Viel Wein floss und man hat besprochen,
wer wen fickt und wer mehr verbrochen
(um solches die Gespräche kreisen
bei jenen, die im «Bären»[1] speisen),
bis ich beschloss, weil allezeit
die Geilheit heilt die Trunkenheit,
mich zum St. James Park zu verfügen,
und mich privatim zu vergnügen.
  Er ist, James' Heiligkeit zum Trotze,
geweihtes Land für Schwanz und Fotze.
Groteskes wächst auf dem Gelände,
von Inzest redet die Legende.
In grauer Vorzeit, als die Pikten
hier siedelten und alles fickten,
was sich bewegte (so die Mode),
begab sich diese Episode:
Ein Schelm, der in Gedanken war,
spritzt ins Gesicht der Frau Mama.
Gleich wuchsen riesengroß Alraunen[2],
die wir bis heute hier bestaunen.
Den Himmel stoßen sie, die Äste
verknäuelt wie Aretinos[3] Gäste,
und spenden allen Leuten Schatten,
die jemals Lust auf Unzucht hatten.
Auf diesen sündenreichen Fluren
sind Straßen- und Alkoven-Huren,
Damen, Zofen, Aschenputtel,
die Erbin und das Lumpenmuttel.

Carmen, divines, great lords and tailors,
Prentices, poets, pimps and jailers,
Footmen, fine fops do here arrive,
And here promiscuously they swive.
  Along these hallowed walks it was,
That I beheld Corinna pass.
Whoever had been by to see
The proud disdain she cast on me
Through charming eyes, he would have swore,
She dropped from heaven this very hour,
Forsaking the divine abode
In scorn of some despairing god.
But mark what creatures women are:
How infinitely vile, when fair!
  Three knights o' th' elbow and the slur
With wriggling tails made up to her.
  The first was of your Whitehall blades,
Near kin to th' Mother of the Maids;
Graced by whose favour he was able
To bring a friend to th' Waiters' table,
Where he had heard Sir Edward Sutton
Say how the King loved Banstead mutton.
Since when he'd ne'er be brought to eat
By 's good will any other meat.
In this, as well as all the rest,
He ventures to do like the best,
But wanting common sense, th' ingredient
In choosing well not least expedient,
Converts abortive imitation
To universal affectation.

Kutscher, Priester, Lords, Gelichter,
Buben, Luden, Schneider, Dichter,
Lakai und Geck frönt früh bis spät
allhier der Promiskuität.
  Auf solch gebenedeiten Wegen
kam nun Corinna mir entgegen.
Ihr schönes Auge blickt mich an,
so verachtungsvoll es kann,
als sei vom Himmel sie gefallen,
nachdem in dessen heil'gen Hallen
sie einen Gott, der sie bedrängte,
mit ihrer Flucht in Schmerz versenkte.
Man muss die Frauen recht verstehn:
innen scheußlich, außen schön.
  Drei Ritter der gezinkten Karten[4]
schwänzewedelnd ihrer harrten:
  Der erste typisch Whitehall-Futter,
Cousin der Ehrendamenmutter[5],
durch deren Gnade es gelingt,
dass er fast bis zum König dringt.
Einst sagte dort Sir Edward Sutton,
der König liebe Banstead-Braten[6],
deshalb hielt er's für angemessen,
auch selbst nichts andres mehr zu essen,
er möchte nämlich gut gedeihn
und wie die feinen Leute sein.
Nur fehlt Verstand – für gute Wahl
ist diese Zutat nicht trivial –,
drum äfft er nach, was ihn nicht ziert,
und ist gewaltig affektiert.

Thus he not only eats and talks,
But feels and smells, sits down and walks,
Nay, looks and lives and loves by rote,
In an old tawdry birthday coat.
  The second was a Grays Inn wit,
A great inhabiter of the pit,
Where critic-like he sits and squints,
Steals pocket-handkerchiefs and hints
From 's neighbour and the comedy,
To court and pay his landlady.
  The third, a lady's eldest son
Within few years of twenty-one,
Who hopes from his propitious fate,
Against he comes to his estate,
By these two worthies to be made
A most accomplished tearing blade.
  One, in a strain 'twixt tune and nonsense,
Cries, «Madam, I have loved you long since,
Permit me your fair hand to kiss!»
When at her mouth her cunt cries «Yes!»
In short, without much more ado,
Joyful and pleased, away she flew,
And with these three confounded asses
From park to hackney coach she passes.
  So a proud bitch does lead about
Of humble curs the amorous rout,
Who most obsequiously do hunt
The savoury scent of salt-swollen cunt.
Some power more patient now relate
The sense of this surprising fate.

Sein Essen, Reden, Riechen, Fühlen,
Aussehn, Leben, Lieben, Spielen
ist nichts als abgeschauter Schummel
in einem alten Partyfummel.

Der Zweite war ein Grays-Inn-Typ[7],
das Theater ist ihm lieb,
er spielt den Kritiker und stiehlt,
während er zum Nachbarn schielt,
ein Taschentuch und ein Bonmot,
das macht daheim die Wirtin froh.

Ein erster Sohn von Stand der Dritte,
fast einundzwanzig. In der Mitte
jener zwei brillanten Männer,
Lehrmeister und Modekenner,
sucht er Bildung, dass er dann
beruhigt Erbe werden kann.

Der eine schreit, es geht kaum schlimmer:
«Madame, ich liebe Euch schon immer,
reicht mir die Hand zum Kusse dar!»
Und ihre Fotze, die schreit: «Ja!»
Und ohne weiter viel zu gaffen,
eilte sie mit den drei Affen,
hoch entzückt und kurz entschlossen,
aus dem Park zu den Karossen.

Der stolzen Hündin folgt die Meute
schlechter Köter; ihre Beute:
eine Fotze, salzig feucht,
sie duftet und ist schnell erreicht.
Gebt mir Geduld, hier zu erzählen,
Geschichten, die die Nerven quälen!

Gods! That a thing admired by me
Should fall to so much infamy!
Had she picked out, to rub her arse on,
Some stiff-pricked clown or well-hung parson,
Each job of whose spermatic sluice
Had filled her cunt with wholesome juice,
I the proceeding should have praised
In hope sh' had quenched a fire I raised.
Such natural freedoms are but just:
There's something generous in mere lust.
But to turn damned abandoned jade
When neither head nor tail persuade;
To be a whore in understanding,
A passive pot for fools to spend in!
The devil played booty, sure, with thee,
To bring a blot on infamy.
  But why am I, of all mankind,
To so severe a fate designed?
Ungrateful! Why this treachery
To humble, fond, believing me,
Who gave you privilege above
The nice allowances of love?
Did ever I refuse to bear
The meanest part your lust could spare?
When your lewd cunt came spewing home
Drenched with the seed of half the town,
My dram of sperm was supped up after
For the digestive surfeit water.
Full gorged at another time
With a vast meal of nasty slime

Götter! Ein Ding, das ich erkoren,
hat so infam an Wert verloren!
Hätte sie den Arsch gerieben
an Pfaffen und potenten Dieben,
gut gebaut und voller Saft,
der ihrer Fotze Glück verschafft –
bejubelt hätt ich, was sie machte,
zumal ihr Feuer ich entfachte;
gut ist die Freiheit der Natur,
fast nobel dünkt die Geilheit pur –
doch warum lässt sie sich so gehen,
dass Kopf und Bauch sich nicht verstehen,
Hure der Unvernunft, verdammt,
in die ein Narr den Schwengel rammt!
Der Teufel selbst muss in dir stecken,
die schöne Unzucht zu beflecken!

Warum gerade mir von allen
ist solches Schicksal zugefallen?
Welch Undank! Warum der Verrat?
Ich war so sehr in dich vernarrt,
die Macht war dein und allezeit
stand der Liebessold bereit.
War ich nicht artig und begrüßte
den letzten Abfall deiner Lüste?
Du kamst zu mir, die Fotze satt
und triefend von der halben Stadt,
dann nahmst du gnädig, auf dem Sprung,
mein Sperma als Verdauungstrunk.
Voll gefressen kamst du heim,
voll von ekelhaftem Schleim

Which your devouring cunt had drawn
From porters' backs and footmen's brawn,
I was content to serve you up
My ballock-full for your grace cup,
Nor ever thought it an abuse,
While you had pleasure for excuse.
You that could make my heart away
For noise and colour, and betray
The secrets of my tender hours
To such knight-errant paramours,
When, leaning on your faithless breast,
Wrapped in security and rest,
Soft kindness all my powers did move,
And reason lay dissolved in love!
  May stinking vapours choke your womb,
Such as the men you dote upon!
May your depraved appetite,
That could in whiffling fools delight,
Beget such frenzies in your mind
You may go mad for the north wind,
And fixing all your hopes upon 't
To have him bluster in your cunt,
Turn up your longing arse to th' air
And perish in a wild despair!
  But cowards shall forget to rant,
Schoolboys to frig, old whores to paint,
The Jesuits' fraternity
Shall leave the use of buggery,
Crab-louse, inspired with grace divine,
From earthly cod to heaven shall climb,

von Lakai, Portier und Knecht,
die Fotze nass und längst bezecht –
ich war's zufrieden; hinterher
bekamst du mich noch zum Dessert
und niemals hörtest du mich klagen,
denn schließlich ging's um dein Behagen.
Mein Herz verkauftest du für lau
gegen Kurzweil und Radau,
mein Geheimnis sanfter Stunden,
verrietst du hergelauf'nen Spunden,
doch an deiner Brust, geborgen,
lag ich sanft und alle Sorgen
waren fort. Denn so verschrumpft
in der Liebe die Vernunft.
Schwefeldampf soll dich begatten
statt der Tölpel, die dich hatten!
Des Wahnsinns Beute sollst du sein,
gejagt von Geilheit obendrein,
und schreien sollst du, liebestoll,
dass dich der Nordwind ficken soll,
mit kalten Stößen dich liebkosen,
wild durch deine Fotze tosen,
den Arsch sollst du zum Himmel strecken
und in Verzweiflung dran verrecken!
Wenn Hasenfüße nicht mehr tricksen,
Huren nicht schminken, Jungs nicht wichsen,
und wenn das Jesuitenheer
nimmt Abschied vom Analverkehr,
die Filzlaus, göttlich angehaucht,
beseligt in den Himmel kraucht,

Physicians shall believe in Jesus,
And disobedience cease to please us,
Ere I desist with all my power
To plague this woman and undo her.
  But my revenge will best be timed
When she is married that is limed.
In that most lamentable state
I'll make her feel my scorn and hate:
Pelt her with scandals, truth or lies,
And her poor cur with jealousies,
Till I have torn him from her breech,
While she whines like a dog-drawn bitch;
Loathed and despised, kicked out o' th' town,
Into some dirty hole alone,
To chew the cud of misery
And know she owes it all to me.
  And may no woman better thrive
  That dares profane the cunt I swive!

wenn Ärzte bau'n auf Jesus Christ,
wenn Trotz nicht mehr in Mode ist –
dann will ich aufhör'n zu forcieren,
dieses Weib zu ruinieren!

Doch meine Rache soll gedeihn:
Zuerst muss sie mal schwanger sein.
Im jammervollen Ehestand
wird mein Hass dann relevant:
Skandale, Wahrheit oder Lügen,
werde ich zusammenfügen,
bis ihr beklagenswerter Mann
das Weibsbild nicht mehr sehen kann.
Getreten, jaulend und umnachtet,
aus der Stadt gejagt, verachtet,
in einem Drecksloch, ganz allein,
weiß sie: Die Rache, die war mein.

Dasselbe jedem Weib passiert,
das meine Fotze profaniert!

1 Esslokal in Drury Lane

2 Die magische Pflanze Mandragora (Alraune) wächst unter anderem dann, wenn inzestuöses Sperma den Boden befruchtet.

3 Autor der berühmten «Stellungen», einer Sammlung illustrierter Sonette, eine Art Kamasutra der italienischen Renaissance. Die Duchess of Cleveland (siehe Seite 59) war berühmt dafür, den König mit sämtlichen noch so komplizierten Verrenkungen des Aretino überraschen zu können.

4 Falschspieler. Wörtlich: «Ritter des Ellenbogens und des Würfelgleitens»

5 Ehrendamenmutter: Zeremonienmeisterin für die «Maids of Honour» der Königin bzw. der Duchess of York

6 Sir Edward Sutton war für die Bewirtung des Königs in seinen Privatgemächern zuständig. Banstead in Surrey war bekannt für sein gutes Hammelfleisch und seine hübschen Mädchen.

7 Studenten der Jurisprudenz im «Grays Inn» hatten wenig Geld und versuchten sich oft als Theaterkritiker.

«Und ich bin keinem Weibe treu, bis mich die Würmer nagen»

Elisabeth, Countess of Rochester, die Frau des Autors

The Imperfect Enjoyment

Naked she lay, clasped in my longing arms,
I filled with love, and she all over charms,
Both equally inspired with eager fire,
Melting through kindness, flaming in desire.
With arms, legs, lips close clinging to embrace,
She clips me to her breast, and sucks me to her face.
Her nimble tongue, love's lesser lightning, played
Within my mouth, and to my thoughts conveyed
Swift orders that I should prepare to throw
The all-dissolving thunderbolt below.
  My fluttering soul, sprung with the pointed kiss,
Hangs hovering o'er her balmy brinks of bliss.
But whilst her busy hand would guide that part
Which should convey my soul up to her heart,
In liquid raptures I dissolve all o'er,
Melt into sperm and spend at every pore.
A touch from any part of her had done't:
Her hand, her foot, her very look's a cunt.
  Smiling, she chides in a kind murmuring noise,
And from her body wipes the clammy joys,
When, with a thousand kisses wandering o'er
My panting bosom – «Is there then no more?»,
She cries. «All this to love and rapture's due,
Must we not pay a dept to pleasure too?»
  But I, the most forlorn, lost man alive,
To show my wished obedience vainly strive:
I sigh, alas! and kiss, but cannot swive.
Eager desire confounds my first intent,

Die unvollkommene Erfreuung

Die heiß Begehrte hielt ich nackt im Arm,
ich voller Liebe und sie voller Charme,
im gleichen Feuer brannten wir zusammen,
sanft schmelzend und zugleich in Glut und Flammen.
Mit Armen, Beinen, Lippen wird gepresst,
sie drückt mich an ihr Herz, sie saugt sich fest.
Der kleine Liebesblitz, die Zunge, spielt
geschickt in meinem Munde und befiehlt
dem Hirn express, ich möge nun beizeiten
den Donnerkeil dort unten vorbereiten.
  Die Seele, die solch wilder Kuss umflorte,
sie flattert vor der segensreichen Pforte,
Corinnas Hand, die hilfsbereite, findet
den Teil von mir, der Herz mit Herz verbindet,
und dann - Verzückung, flüssig, reißt mich hin,
bis ich von Kopf bis Fuß nur Sperma bin.
Oh, jeder Teil von ihr hätt das geschafft!
Hand, Fuß, ja selbst ihr Blick hat Fotzenkraft.
  Sie schimpft mich leise mit manch sanftem Wort,
wischt lächelnd meine feuchten Freuden fort
und fragt, und tausend Küsse gibt sie mir:
«War das schon alles? Mir scheint, dieses hier
war für die Liebe und die Raserei -
ist nun auch etwas für den Spaß dabei?»
  Kein elenderer Mensch ward je geboren!
Ich will gehorchen - kann nicht - bin verloren.
Ach, seufzen, küssen, ja - doch zum Durchbohren
reicht meine Kraft nicht hin. Der Eifer hemmt,

Succeeding shame does more success prevent,
And rage at last confirms me impotent.
Even her fair hand, which might bid heat return
To frozen age, and make cold hermits burn,
Applied to my dead cinder, warms no more
Than fire to ashes could past flames restore.
Trembling, confused, despairing, limber, dry,
A wishing, weak, unmoving lump I lie.
  This dart of love, whose piercing point, oft tried,
With virgin blood ten thousand maids have dyed,
Which nature still directed with such art
That it through every cunt reached every heart –
Stiffly resolved, 'twould carelessly invade
Woman or man, nor ought its fury stayed:
Where'er it pierced, a cunt it found or made –
Now languid lies in this unhappy hour,
Shrunk up and sapless like a withered flower.
  Thou treacherous, base deserter of my flame,
False to my passion, fatal to my fame!
Through what mistaken magic dost thou prove
So true to lewdness, so untrue to love?
What oyster-cinder-beggar-common whore
Didst thou e'er fail in all thy life before?
When vice, disease and scandal lead the way,
With what officious haste dost thou obey!
Like a rude, roaring Hector in the streets
Who scuffles, cuffs and justles all he meets,
But if his King or country claim his aid,
The rakehell villain shrinks and hides his head;
Even so thy brutal valour is displayed,

Verlangen macht mich irr, die Scham, sie brennt,
die Wut vollendet's: Ich bin impotent.
Selbst ihre süße Hand, die auch Vergreiste
und Eremiten mühelos enteiste,
wärmt meine tote Schlacke nicht - vorbei!
Als ob es Asche in den Flammen sei.
Da lieg ich: zitternd, wünschend, schlapp und schwach,
ein Häuflein Elend, irr vor lauter Schmach.
  Den Liebespfeil, den mutigen Bezwinger,
voll Jungfernbluts zehntausend junger Dinger,
Natur hat kunstreich ihn stets dirigiert,
dass durch die Fotze er das Herz berührt,
stets steif entschlossen, wütend einzudringen
in Frau und Mann, ob Fotzen ihn empfingen,
ob Fotzen er sich schuf, er konnt's vollbringen.
Nun liegt er matt, der einst so aufgetrumpft,
wie eine welke Blume, dürr verschrumpft.
  Verräter! Widerlicher Deserteur!
Ruin von Ruhm und Liebe! Wie verquer
ist deine miserable Hexerei,
untreu zur Liebe, treu zur Hurerei?
Bei welcher Fischweib-Nutten-Dreckspersons
versagtest du jemals zuvor denn schon?
Wenn Laster, Krankheit und Skandal dich führen,
mit welchem Eifer kannst du da parieren!
Ein Hektor in den Straßen, solch ein Schuft,
der jeden, den er trifft, gleich stößt und knufft -
soll er dem Vaterland zu Diensten sein,
zieht er den Kopf ein und wird winzig klein.
Dein grober Mut, oft sahen wir es schon,

Breaks every stew, does each small whore invade,
But when great Love the onset does command,
Base recreant to thy prince, thou durst not stand.
Worst part of me, and henceforth hated most,
Through all the town a common fucking-post,
On whom each whore relieves her tingling cunt
As hogs on gates do rub themselves and grunt,
Mayst thou to ravenous chancres be a prey,
Or in consuming weepings waste away;
May strangury and stone thy days attend;
May'st thou ne'er piss, who didst refuse to spend
When all my joys did on false thee depend.
  And may ten thousand abler pricks agree
  To do the wronged Corinna right for thee!

scheut keine Straßendirnen-Invasion,
doch wenn die Liebe zu den Waffen ruft,
lässt du den Herrn im Stich, die Kraft verpufft.
Mein schlimmster Teil, du meistgehasste Latte,
die schon die ganze Stadt zum Fickstock hatte,
denn jede Hure scheuert sich an dir,
ganz wie ein Schwein an seiner Kobentür –
des Schankers Hunger falle du zur Beute
und schmierig tröpfeln mögest du noch heute,
mit Nierenstein und böser Prostata!
Nie mehr soll pissen, wer nicht fähig war
zu spritzen, als er mich drum betteln sah.
  Zehntausend Schwänze, nur die allerbesten,
  Soll'n über deine Schmach Corinna trösten!

Against Constancy

Tell me no more of constancy,
  The frivolous pretence
Of cold age, narrow jealousy,
  Disease, and want of sense.

Let duller fools, on whom kind chance
  Some easy heart has thrown,
Despairing higher to advance,
  Be kind to one alone.

Old men and weak, whose idle flame
  Their own defects discovers,
Since changing can but spread their shame,
  Ought to be constant lovers.

But we, whose hearts do justly swell
  With no vainglorious pride,
Who know how we in love excel,
  Long to be often tried.

Then bring my bath and strew my bed,
  As each kind night returns;
I'll change a mistress till I'm dead,
  And fate change me to worms.

Gegen die Beständigkeit

Sprich mir nicht von Beständigkeit,
mehr als ein Vorwand nie
für Eifersucht, Gebrechlichkeit,
Alter und Idiotie.

Nur öde Narren, die mit Glück
ein simples Herzchen finden,
begnügen sich mit dem Geschick,
an eine sich zu binden.

Ein Alter, Schwacher, dessen Feuer
nicht mehr zufrieden stellt:
Treu soll er sein und immer treuer,
sonst weiß es alle Welt.

Doch wir, die wir, von Stolz gebläht,
die eignen Künste preisen:
Wie es um unsre Kräfte steht,
wir wollen es beweisen.

Das Bad bereit, das Bett stets neu,
an allen meinen Tagen,
und ich bin keinem Weibe treu,
bis mich die Würmer nagen.

The Mistress

An age in her embraces passed
Would seem a winter's day,
Where life and light with envious haste
Are torn and snatched away.

But oh, how slowly minutes roll
When absent from her eyes,
That feed my love, which is my soul:
It languishes and dies.

For then no more a soul, but shade,
It mournfully does move
And haunts my breast, by absence made
The living tomb of love.

You wiser men, despise me not,
Whose lovesick fancy raves
On shades of souls and heaven knows what,
Short ages, living graves.

Whene'er those wounding eyes, so full
Of sweetness, you did see,
Had you not been profoundly dull,
You had gone mad like me.

Nor censure us, you who perceive
My best beloved and me
Sigh and lament, complain and grieve:
You think we disagree.

Die Geliebte

In ihrem Arm die Ewigkeit
wär wie ein Wintertag,
wo Leben, Licht in kurzer Zeit
der raschen Nacht erlag.

Doch oh, wie ich Minuten zähle,
seh ich die Liebste nicht,
verhungern muss nun meine Seele,
sie schwindet und erlischt.

Was Seele war, ist nur noch Spuk,
er schleicht, wie ausgedorrt,
in mir, wo man zu Grabe trug
die Liebe, wenn sie fort.

Ihr Klügeren, verdenkt mir's nicht,
ich schwätz, nicht ganz gescheit,
von Spuk, Grab, Seele, was weiß ich,
von kurzer Ewigkeit.

Ihr Blick schlägt Wunden. Sähest du
ihr Aug', den süßen Dorn,
bist du nicht vollends kalt, im Nu
wärst du wie ich verlor'n.

Und schelte nicht mein Lieb und mich,
siehst du zu manchen Zeiten
uns seufzend, klagend, jämmerlich –
du glaubst, dass wir uns streiten.

Alas! 'tis sacred jealousy,
  Love raised to an extreme:
The only proof 'twixt her and me,
  We love, and do not dream.

Fantastic fancies fondly move
  And in frail joys believe,
Taking false pleasure for true love;
  But pain can ne'er deceive.

Kind jealous thoughts, tormenting fears,
  And anxious cares, when past,
Prove our hearts' treasure fixed and dear
  And make us blest at last.

Nein, heil'ge Eifersucht ist's, ach!
höher steigt Liebe kaum,
nur sie beweist uns, wir sind wach
und nicht in einem Traum.

Ans flücht'ge Glück glaubt nur der Wahn,
verwirrte Phantasie
sieht Lust für wahre Liebe an;
doch Schmerzen lügen nie.

Mit Zweifeln voll, von Furcht gequält,
von Eifersucht gehetzt,
erkennen wir, die Liebe hält,
und sind doch froh zuletzt.

A Satyr on Charles II

In the isle of Britain, long since famous grown
For breeding the best cunts in Christendom,
There reigns, and oh! long may he reign and thrive,
The easiest King and best-bred man alive.
Him no ambition moves to get renown
Like the French fool, that wanders up and down
Starving his people, hazarding his crown.
Peace is his aim, his gentleness is such,
And love he loves, for he loves fucking much.
  Nor are his high desires above his strength:
His sceptre and his prick are of a length;
And she may sway the one who plays with th' other,
And make him little wiser than his brother.
Poor prince! Thy prick, like thy buffoons at court,
Will govern thee because it makes thee sport.
  'Tis sure the sauciest prick that e'er did swive,
The proudest, peremptoriest prick alive.
Though safety, law, religion, life lay on 't,
'Twould break through all to make its way to cunt.
Restless he rolls about from whore to whore,
A merry monarch, scandalous and poor.
  To Carwell, the most dear of all his dears,
The best relief of his declining years,
Oft he bewails his fortune and her fate:
To love so well and be beloved so late!
For though in her he settles well his tarse,
Yet his dull, graceless ballocks hang an arse.
This you'd believe, had I but time to tell ye

Satire auf Charles II.

In Britannien, wo der Christenheit
schönste Fotzen wachsen weit und breit,
regiert, und oh! auf dass er lang regier',
der liebste König, beste Kavalier.
Sein Ruhm und Ehrgeiz, die sind winzig klein:
Es springe Frankreichs Narr[1] nur querfeldein
und hasardiere Volk und Thron - nein, nein,
er will auf Friede und auf Freude blicken,
er liebt die Liebe, denn er liebt das Ficken.
  Die Ambition entspricht den Kräften ganz:
Sein Zepter ist nicht länger als sein Schwanz.
Dieselbe Schlampe darf mit beidem spielen,[2]
bald wird er sich blöd wie sein Bruder[3] fühlen.
Du armer Fürst! Dein Schwanz wie deine Schranzen,
sie lassen dich nach ihrer Pfeife tanzen.
  So stolz ist dieser Schwanz, so mutbeseelt,
der munterste und keckste Schwanz der Welt,
Recht, Glaube, Frieden hängt an ihm und doch
trampelt er's nieder auf dem Weg ins Loch.
Durch Hurenbetten rollt er rastlos; wohl
ergeht's dem König: spaßig, arm, frivol.
  Die Carwell[4], seine Liebste aller Lieben,
Trost später Jahre[5], pflegt er zu betrüben
mit seinen unentwegten Jammerei'n:
So arg zu lieben und so alt zu sein!
Den Schwengel kriegt er zwar noch brav versenkt,
der Sack jedoch schlapp bis zum Hintern hängt.
Dies glaubtet ihr, wenn ich euch nur erzählte,

The pains it costs to poor, laborious Nelly,
Whilst she employs hands, fingers, mouth and thighs,
Ere she can raise the member she enjoys.
  All monarchs I hate, and the thrones they sit on,
  From the Hector of France to the cully of Britain!

wie sich die arbeitsame Nelly[6] quälte,
bis sie mit Finger-, Mund- und Schenkelkraft
das Ding, das sie erfreut, zu heben schafft.
Ich hasse Monarchen, wobei es mir gleich sei,
ob's der Hektor von Frankreich, ob das
britische Weichei!

Im Gegensatz zu Rochesters Impromptu (Seite 47) nahm Charles II. dieses Gedicht doch ein wenig übel, besonders die letzten zehn Zeilen. Anscheinend hatte es ihm der angetrunkene Lord versehentlich selbst in die Hand gedrückt, obwohl er ihm eigentlich eine andere Satire, wahrscheinlich «Signior Dildo», überreichen wollte. Nach diesem Lapsus musste sich Rochester eine Weile vom Hof fern halten.

1 Louis XIV. mit seinen militärischen Ambitionen

2 Jede Frau, die mit Charles' Schwanz spielt, darf sich auch in die Politik einmischen.

3 James, Duke of York, später James II; ein nicht sehr heller Kopf

4 Louise de Keroualle, Duchess of Portsmouth

5 Charles II. war 43 Jahre alt.

6 Nell Gwynn

The Maimed Debauchee

As some brave admiral, in former war
  Deprived of force, but pressed with courage still,
Two rival fleets appearing from afar,
  Crawls to the top of an adjacent hill;

From whence, with thoughts full of concern, he views
  The wise and daring conduct of the fight,
Whilst each bold action to his mind renews
  His present glory and his past delight;

From his fierce eyes flashes of fire he throws,
  As from black clouds when lightning breaks away;
Transported, thinks himself amidst the foes,
  And absent, yet enjoys the bloody day;

So, when my days of impotence approach,
  And I'm by pox and wine's unlucky chance
Forced from the pleasing billows of debauch
  On the dull shore of lazy temperance,

My pains at least some respite shall afford
  While I behold the battles you maintain
When fleets of glasses sail about the board,
  From whose broadsides volleys of wit shall rain.

Nor let the sight of honourable scars,
  Which my too forward valour did procure,
Frighten new-listed soldiers from the wars:
  Past joys have more than paid what I endure.

Der beschädigte Wüstling

Gleich einem Admiral, noch voll Elan,
von Mut getrieben, doch versehrt im Krieg,
der, kaum sah er die Feindesflotten nah'n,
mühsam auf einen Aussichtshügel stieg,

und dort, gedankenvoll und unverwandt,
jedweden Hieb verfolgt, jedweden Schuss,
und den die Kriegstat aus der zweiten Hand
an Ruhm gemahnt, an einstigen Genuss;

der Feuerblicke auf die Seeschlacht lenkt
gleich einem Blitz, der schwarze Wolken teilt,
und bald, verklärt, sich ins Getümmel denkt,
und selbst, obgleich von fern, im Krieg verweilt:

So will auch ich, bin ich einst schwach, zum Schluss,
wenn ich, von Suff und Schanker ausgebrannt,
das schöne Land der Unzucht fliehen muss,
und in des Anstands Wüste bin verbannt,

betrachten, um den eignen Schmerz zu fliehen,
wie es zurzeit um eure Schlachten steht,
wo Glas-Geschwader um die Planken ziehen,
und wo der Witz in Salven niedergeht.

Vor all den Narben, welche mich bedecken,
den stolzen Früchten von Gefahr und Mut,
darf der Rekrut sich nicht zu sehr erschrecken:
Vergangnen Freuden zollen sie Tribut.

Should any youth (worth being drunk) prove nice,
And from his fair inviter meanly shrink,
'Twill please the ghost of my departed vice
If, at my counsel, he repent and drink.

Or should some cold-complexioned sot forbid,
With his dull morals, our bold night-alarms,
I'll fire his blood by telling what I did
When I was strong and able to bear arms.

I'll tell of whores attacked, their lords at home,
Bawds' quarters beaten up, and fortress won,
Windows demolished, watches overcome,
And handsome ills by my contrivance done.

Nor shall our love-fits, Cloris, be forgot,
When each the well-looked linkboy strove t'enjoy,
And the best kiss was the deciding lot
Whether the boy fucked you, or I the boy.

With tales like these I will such thoughts inspire
As to important mischief shall incline:
I'll make him long some ancient church to fire,
And fear no lewdness he's called to by wine.

Thus, statesmanlike, I'll saucily impose,
And safe from action, valiantly advise;
Sheltered in impotence, urge you to blows,
And being good for nothing else, be wise.

Will sich ein Jüngling feig beim Trinken zieren,
obwohl er eines guten Rausches wert,
mein Geist verblichner Laster soll ihn führen,
bis er bereut und brav die Gläser leert.

Ein kalter Narr mit wässriger Moral
nennt unsre Nachtgefechte bös missraten?
Ich will ihn reizen, wenigstens verbal,
mit einer Chronik meiner Heldentaten:

Huren und Luden grausamst attackiert,
Bordelle eins ums andre eingenommen,
Fenster zerschlagen, Wachen massakriert -
viel nettes Unheil habe ich ersonnen.

Die Nächte, Cloris, sind auch unvergessen,
als jeder diesen schönen Pagen wollte,
wir stritten gierig, wer kann besser küssen,
ob er dich oder ich ihn ficken sollte.

Von allen meinen Werken will ich künden,
bis er sich wünscht, durch solches inspiriert,
schnell ein paar alte Kirchen anzuzünden,
zu Wein und Unzucht höchlichst motiviert.

Ich schwinge, wie ein Staatsmann, große Reden,
die eigne Impotenz hüllt warm mich ein,
ich sitze still und lobe eure Fehden:
Zu sonst nichts nütze, will ich weise sein.

Tunbridge Wells

At five this morn, when Phoebus raised his head
From Thetis' lap, I raised myself from bed,
And mounting steed, I trotted to the waters,
The rendezvous of fools, buffoons and praters,
Cuckolds, whores, citizens, their wives and daughters.
  My squeamish stomach I with wine had bribed
To undertake the dose that was prescribed;
But turning head, a sudden cursed view
That innocent provision overthrew,
And, without drinking, made me purge and spew.
From coach and six a thing unwieldy rolled,
Whose lumber cart more decently would hold.
As wise as calf it looked, as big as bully,
But handled, proves a mere Sir Nicholas Cully.
A bawling fop, a natural Nokes, and yet
He dares to censure as if he had wit.
To make him more ridiculous, in spite
Nature contrived the fool should be a knight.
Though he alone were dismal sight enough,
His train contributed to set him off,
All of his shape, all of the selfsame stuff.
No spleen or malice need on them be thrown:
Nature has done the business of lampoon,
And in their looks their characters has shown.
  Endeavouring this irksome sight to balk,
And a more irksome noise, their silly talk,
I silently slunk down t' th' Lower Walk.
But often when one would Charybdis shun,

Tunbridge Wells

Um fünf, als Phöbus sich aus Thetis' Schoß
erhob[1], stieg ich aus meinem Bett. Zu Ross
begab ich mich zur Brunnenwasserkur,
wohin auch Schwätzer, Clown und Hahnrei fuhr,
Frau, Töchtern, Huren, Narren auf der Spur.
Mein Magen war beleidigt; nach viel Wein
schien er zum Trunk indes bereit zu sein,
doch wandte ich mich um, und was ich sah,
führte aus voller Unschuld zum Eklat,
da mir's nun, ohne Kur, zum Kotzen war.
Sechsspännig kam ein fettes Ding daher -
ein offner Karren wohl bequemer wär -
der Kloß war schlau wie Kalb und dick wie Kuh,
Sir Nicholas Cully[2], wusste man im Nu.
Ein Jammergeck, Nokes[3] von Geburt, dabei
krittelt er rum, als ob er weise sei.
Noch lächerlicher macht's, und das ist bitter:
Natur beschloss, der Blödmann sei ein Ritter.
Alleine wär er Scheußlichkeit genug,
doch schlimmer macht es noch sein treuer Zug,
ein jeder fett wie er und auch so klug.
Für solches Pack, da lohnt es nicht die Galle,
Natur persönlich hält es in der Kralle,
das Aussehn spricht für sich in diesem Falle.
Um solchem argen Anblick zu entfleuchen
und ihr Geschwätz, das arge, zu verscheuchen,
versuchte ich, zum Lower Walk zu schleichen.
Doch wie so oft, wenn wir Charybdis meiden,

Down upon Scylla 'tis one's fate to run.
For here it was my cursed luck to find
As great a fop, though of another kind.
A tall stiff fool that walked in Spanish guise,
The buckram puppet never stirred its eyes,
But grave as owl it looked, as woodcock wise.
He scorns the empty talking of this mad age,
And speaks all proverbs, sentences and adage;
Can with as much solemnity buy eggs
As a Cabal can talk of their intrigues;
Master o' th' Ceremonies, yet can dispense
With the formality of talking sense.
From hence unto the upper end I ran,
Where a new scene of foppery began.
A tribe of curates, priests, canonical elves,
Fit company for none besides themselves,
Were got together. Each his distemper told,
Scurvy, stone, strangury; some were so bold
To charge the spleen to be their misery,
And on that wise disease brought infamy.
But none had modesty enough t' complain
Their want of learning, honesty and brain,
The general diseases of that train.
These call themselves ambassadors of heaven,
And saucily pretend commissions given,
But should an Indian king, whose small command
Seldom extends beyond ten miles of land,
Send forth such wretched tools in an ambassage,
He'd find but small effects of such a message.
Listening, I found the cob of all this rabble:

bringt Scylla nachher ebensolches Leiden.
Denn hier, verflucht, erschien ein neuer Geck,
zwar andrer Art, doch ebenfalls ein Schreck:
ein langer steifer Kerl im Spanierkleid[4],
mit puppenstarren Augen, so gescheit
wie ein Fasan, von Eulen-Achtbarkeit.
Er hasst der Mode nichtige Kadenzen,
spricht selbst nur in Maximen und Sentenzen,
kauft Eier mit solch vornehmen Manieren,
wie man bei Hof sie hat beim Intrigieren[5]:
ein Zeremonienmeister, den's nicht schert,
ob auch zum feinen Reden Sinn gehört.

Ich rannte zu den Brunnen bald zurück,
dort traf mich aber folgendes Geschick:
Ein Stamm von Pfaffen und von Chorherrn-Trollen,
die gegenseitig sich ertragen sollen,
berichtet reihum sämtliche Gebrechen,
Schorf, Stein und Pissproblem, ja, diese Frechen
behaupten gar, es sei die Milz, die leide,
welch Schmach für dieses weise Eingeweide![6]
Nur das Wehwehchen wird nicht ausgezankt,
das Ehre, Hirn und Bildung anbelangt –
denn an nichts andrem das Gesindel krankt.
Und so was will Legat des Himmels sein,
mit exklusiver Vollmacht obendrein!
Wenn ein Indianerkönig, dessen Land
zehn gute Meilen misst von Rand zu Rand,
solch trübe Kerle auf Gesandtschaft schickte,
so wundert's nicht, wenn das Geschäft missglückte.

Ich fand den Häuptling all der Geistlichkeit:

Pert Bayes, with his *importance comfortable.*
He, being raised to an archdeaconry
By trampling on religion, liberty,
Was grown too great, and looked too fat and jolly,
To be disturbed with care and melancholy,
Though Marvell has enough exposed his folly.
He drank to carry off some old remains
His *lazy dull distemper* left in 's veins.
Let him drink on, but 'tis not a whole flood
Can give sufficient sweetness to his blood
To make his nature or his manners good.
  Next after these, a fulsome Irish crew
Of silly Macs were offered to my view.
The things did talk, but th' hearing what they said
I did myself the kindness to evade.
Nature has placed these wretches beneath scorn:
They can't be called so vile as they are born.
  Amidst the crowd next I myself conveyed,
For now were come, whitewash and paint being laid,
Mother and daughter, mistress and the maid,
And squire with wig and pantaloon displayed.
But ne'er could conventicle, play or fair
For a true medley with this herd compare.
Here lords, knights, squires, ladies, countesses,
Chandlers, mum-bacon women, sempstresses
Were mixed together, nor did they agree
More in their humours than their quality.
  Here waiting for gallant, young damsel stood,
Leaning on cane and muffled up in hood.
The would-be wit, whose business was to woo,

den Bayes mit seiner *netten Wichtigkeit.*[7]
Er wurde damals Archidiakon,
denn die Freiheit samt der Religion
trat er mit Füßen. Fett und ungeniert,
hat an der Galle er nie laboriert,
Marvells Enthüllung hat ihn kaum touchiert.
Nur deshalb sieht man ihn zum Brunnen eilen:
Er will den Rest der *faden Laune* heilen.
Lasst ihn nur trinken: Nicht mit ganzen Flüssen
wird es gelingen, dieses Blut zu süßen,
nichts Gutes wird man je an ihm genießen.

Als Nächstes kamen grauenvolle Iren,
die blöden Paddys muss ich tolerieren,
doch tu ich mir die Gnade, nicht zu lauschen,
wenn solche Dinger ihre Wörter tauschen.
Sie lohnen nicht Verachtung; von Geburt
schuf die Natur sie niedrig und absurd.

Und was sich nachher meinen Blicken bot:
Es kamen, voll von Bleichcreme, Wangenrot,
Mutter und Tochter, Zofe und der Gatte,
der Spitzenhosen und Perücke hatte.
Nicht Konventikel, Markt noch Schauspiel gleicht
dem Durcheinander, das durch Tunbridge schleicht:
Lords, Ritter, Gräfinnen und Landbarone,
der Kaufmann und die Imbissstand-Matrone[8],
ein Chaos, das nicht gut zusammengeht,
nicht im Charakter, nicht in Qualität.

Ein Fräulein wartet, die Kapuze an,
Spazierstock in der Hand, auf den Galan.
Der Möchtegern, professionell verliebt,

With hat removed and solemn scrape of shoe
Advances bowing, then genteelly shrugs,
And ruffled foretop into order tugs,
And thus accosts her: «Madam, methinks the weather
Is grown much more serene since you came hither.
You influence the heavens; but should the sun
Withdraw himself to see his rays outdone
By your bright eyes, they would supply the morn,
And make a day before the day be born.»
With mouth screwed up, conceited winking eyes,
And breasts thrust forward, «Lord, sir!», she replies,
«It is your goodness, and not my deserts,
Which makes you show this learning, wit and parts.»
He, puzzled, bites his nails, both to display
The sparkling ring, and think what next to say,
And thus breaks forth afresh: «Madam, egad!
Your luck at cards last night was very bad:
At cribbage fifty-nine, and the next show
To make the game, and yet to want those two!
God damn me, madam, I'm the son of a whore
If in my life I saw the like before!»
To peddler's stall he drags her, and her breast
With hearts and such-like foolish toys he dressed;
And then, more smartly to expound the riddle
Of all his prattle, gives her a Scotch fiddle.
  Tired with this dismal stuff, away I ran
Where were two wives, with girl just fit for man,
Short-breathed, with pallid lips and visage wan.
Some curtsies past, and the old compliment
Of being glad to see each other, spent,

der sich mit Kratzfuß dienernd näher schiebt,
zieht seinen Hut und schüttelt die Perücke,
auf dass das krause Stirnhaar nicht zerdrücke.
«Madame», ruft er, «seit Ihr hierher gekommen,
hat so der Reiz des Wetters zugenommen!
Euch folgt der Himmel; doch wenn einst die Sonne,
beschämt von Eurer Augen heller Wonne,
nicht mehr erschiene, wäret Ihr der Morgen
und würdet nachts für neue Tage sorgen.»
Sie zwinkert, schürzt den Mund und reckt die Brust.
«Oh, Sir», sagt sie, «auf Eurer Güte fußt
solch Fähigkeit, Witz und Verstand zu zeigen,
es ist nicht mein Verdienst.» Der Herr muss schweigen,
denkt nach, kaut Nägel (das betont den Ring
an seinem Finger), schließlich ruft er flink:
«Madame, mein Gott, wie hat Euch gestern Nacht
das Cribbage-Blatt so wenig Glück gebracht!
Schon neunundfünfzig! Dass dann ganz am Schluss
das Spiel noch an Loch sechzig scheitern muss!
Verflucht, Madame, ich bin ein Hurensohn,
wenn je zuvor solch Unglück sah ich schon!»
In einem Büdchen neben der Chaussee
kauft er ihr Herzen für ihr Dekolleté.
Damit beschert er ihr, nach dem Geschwätze,
nun endlich auch realiter die Krätze.

Ich rannte fort. Zwei Frauen traf ich gleich
mit einem Mädchen, mannbar kaum, und bleich,
kurzatmig, weiße Lippen, totengleich.
Sie knicksten, tauschten alte Komplimente,
«schön, Euch zu sehn», sie reichten sich die Hände,

With hand in hand they lovingly did walk,
And one began thus to renew the talk:
«I pray, good madam, if it may be thought
No rudeness, what cause was it hither brought
Your ladyship?» She soon replying, smiled,
«We have a good estate, but have no child,
And I'm informed these wells will make a barren
Woman as fruitful as a cony warren.»
The first returned: «For this cause I am come,
For I can have no quietness at home.
My husband grumbles though we have got one,
This poor young girl, and mutters for a son.
And this is grieved with headaches, pangs and throes,
Is full sixteen and never yet had *those*!»
She soon replied: «Get her a husband, madam.
I married at that age and never had 'em;
Was just like her. Steel-waters let alone,
A back of steel will bring 'em better down.»
And ten to one but they themselves will try
The same means to increase their family.
Poor foolish fribble, who by subtlety
Of midwife, truest friend to lechery,
Persuaded art to be at pains and charge
To give thy wife occasion to enlarge
Thy silly head! For here walk Cuff and Kick,
With brawny back and legs and potent prick,
Who more substantially will cure thy wife,
And on her half-dead womb bestow new life.
From these the waters got the reputation
Of good assistants unto generation.

spazierten miteinander liebevoll,
und eine sprach: «Darf ich Euch fragen wohl,
Madame, was Euch nach Tunbridge Wells geführt?»
Die Zweite lächelt und meint ungerührt:
«Wir haben Grundbesitz, doch Kinder fehlen,
drum will ich mich zu diesen Brunnen stehlen,
sie machen eine unfruchtbare Frau
so produktiv wie den Kaninchenbau.»
Die Erste drauf: «Ach so, genau wie ich,
mein Mann zu Hause nölt und schimpft auf mich,
will einen Sohn. Nun ja, wir haben diese,
hier, unsre arme kleine Zimperliese,
Schmerz hier, Schmerz da, von Kopfweh mitgenommen,
und sechzehn schon, und *jenes* nie bekommen!»
Die Zweite: «Sie sei flink verehelicht,
auch ich war sechzehn, hatte jenes nicht,
genau wie sie. Stahlquellen hin und her,
ein Stahl im Bett hilft ihr gewiss noch mehr.»
Die Damen werden, ich wett' eins zu zehn,
auf gleiche Art nach der Familie sehn:
Du armer Schlurf, den irgendwelche Ammen,
Komplizinnen der Ferkelei, verdammen,
durch die Empfehlung von Gesundheitstropfen
sich Hörner auf den dummen Kopf zu pfropfen!
Schau dich nur um: Dort wandern Cuff und Kick[9],
ihr Kreuz ist breit, ihr Schwanz hat viel Geschick,
die Kur der Gattin mächtig zu verschärfen,
und ihr halb toter Leib wird Kinder werfen.
Den Ruf der Quelle, Fruchtbarkeit zu spenden,
verdankt sie einzig solchen starken Lenden.

Some warlike men were now got into th' throng,
With hair tied back, singing a bawdy song.
Not much afraid, I got a nearer view,
And 'twas my chance to know the dreadful crew.
They were cadets, that seldom can appear,
Damned to the stint of thirty pounds a year.
With hawk on fist, or greyhound led in hand,
The dogs and footboys sometimes they command.
But now, having trimmed a cast-off spavined horse,
With three hard-pinched-for guineas in their purse,
Two rusty pistols, scarf about the arse,
Coat lined with red, they here presume to swell,
This goes for captain, that for colonel.
So the Bear Garden ape, on his steed mounted,
No longer is a jackanapes accounted,
But is, by virtue of his trumpery, then
Called by the name of «the young gentleman».
Bless me! thought I, what thing is man, that thus
In all his shapes he is ridiculous?
Ourselves with noise of reason we do please
In vain: humanity's our worst disease.
Thrice happy beasts are, who, because they be
Of reason void, are so of foppery.
Faith, I was so ashamed that with remorse
I used the insolence to mount my horse.
For he, doing only things fit for his nature,
Did seem to me by much the wiser creature.

Nun kamen, straff bezopft, ein paar Soldaten
und sangen Schweinisches von Liebestaten.
Nicht sehr von Angst geplagt ging ich heran
und schaute die Bagage näher an:
Kadetten[10] waren's, die man selten sah,
sie nähren sich von dreißig Pfund im Jahr,
Greyhound und Falke muss sie amüsieren,
außer dem Knecht gibt's nichts zu kommandieren.
Doch jetzt, die lahme Mähre aufgeputzt,
drei Guinea, zwei Pistolen (rostverschmutzt),
damit man Kapitän und Hauptmann wittert,
am Arsch die Schärpe, Mantel rot gefüttert,
so stehn sie da, auf dass die Welt erzittert.
Den Affen im Bear Garden[11], hoch zu Ross,
den nennt man künftig nie mehr Gernegroß,
dank seinem Flitter geht's ihm besser, denn
er heißt fortan «der junge Gentleman».
Gott steh mir bei! Der Mensch, so dachte ich,
warum ist er so furchtbar lächerlich?
Wir preisen lautstark die Vernunft – vergebens:
Das Menschsein ist die Krankheit unsres Lebens.
Ja, dreimal glücklich ist das liebe Vieh,
frei von Vernunft, drum frei von Idiotie.
So sehr geniert' ich mich, dass, meiner Treue,
ich auf mein Pferd stieg voller Scham und Reue –
denn der Gaul, so nah bei der Natur,
schien mir die wissendere Kreatur.

1 Phöbus erhebt sich aus Thetis' Schoß: Die Sonne steigt aus dem Meer.

2 Aufgeblasener Tölpel aus George Ethereges Komödie «The Comical Revenge»

3 Der Schauspieler James Nokes, der Sir Nicholas Cully spielte

4 Förmlicher schwarzer Rock, glatter weißer Kragen

5 Gemeint sind die fünf engsten Vertrauten von Charles II., die Herren Clifford, Arlington, Buckingham, Ashby und Lauderdale. Die Anfangsbuchstaben ihrer Namen ergeben das Wort CABAL (= Kabale, Intrige).

6 Eine Krankheit der Milz (engl. spleen) ist nur klugen Leuten gestattet. Zu Rochesters Zeit waren die Engländer schon genauso stolz auf ihren «Spleen» wie heute.

7 Samuel Parker, Archidiakon von Canterbury, hatte mehrere Bücher veröffentlicht, worin er für eine scharfe staatliche Kontrolle kirchlicher Angelegenheiten plädierte. Der Dichter Andrew Marvell verspottete Parker in einigen Publikationen über einen dummen Geistlichen

namens Mr. Bayes. Rochester gebraucht zwei Zitate aus der Parker-Marvell-Affaire: Die Wendung «importance comfortable»/«nette Wichtigkeit» hatte Parker im Zusammenhang mit seiner bevorstehenden Eheschließung gebraucht, was Marvell jedoch so umgedeutet hatte, als bezeichne der Archidiakon seine Geliebte als seine «nette Wichtigkeit». Der Ausdruck «comfortable importance» für «Mätresse» wurde in der Komödie der Restaurationszeit zu einem Gemeinplatz. «Lazy dull distemper»/«fade Laune» hatte Parker als Grund angeführt, warum er sich nicht eher gegen Marvells Angriffe zur Wehr gesetzt hatte.

8 wörtlich «Bier-Speck-Frau», wahrscheinlich eine Händlerin, die den Kurgästen verschiedene Speisen und Getränke verkauft

9 Zwei Rüpel aus Thomas Shadwells Komödie «Epsom Wells»

10 Jüngere Söhne von Stand im Militärdienst, die nichts oder wenig erben

11 Vergnügungspark in London. Der reitende Affe gehörte zu den weniger grausamen Attraktionen: Üblich waren sonst eher Kämpfe zwischen Hunden und Stieren bzw. Bären.

Love and Life

All my past life is mine no more,
  The flying hours are gone,
Like transitory dreams given o'er
Whose images are kept in store
  By memory alone.

Whatever is to come is not:
  How can it then be mine?
The present moment's all my lot,
And that, as fast as it is got,
  Phyllis, is wholly thine.

Then talk not of inconstancy,
  False hearts and broken vows,
If I, by miracle, can be
This livelong minute true to thee,
  'Tis all that heaven allows.

Liebe und Leben

Die Stunden fliegen rasch vorbei,
  längst sind sie nicht mehr mein,
wie Träume, flüchtig, ziehn sie frei,
kaum hier, schon fort, ihr Abbild sei
  Erinnerung allein.

Was kommen mag, ist noch nicht hier,
  wie kann es meines sein?
Nur der Moment gehört ganz mir
und dieser, eh ich ihn verlier,
  Phyllis, ist restlos dein.

Sprich nicht von Wortbruch, Hinterlist,
  von Trug und Perfidie,
treu bin ich dir für diese Frist,
das Leben die Minute ist,
  mehr gibt der Himmel nie.

A Song of a Young Lady to her Ancient Lover

Ancient person, for whom I
All the flattering youth defy,
Long be it ere thou grow old,
Aching, shaking, crazy, cold –
  But still continue as thou art,
  Ancient person of my heart.

On thy withered lips and dry,
Which like barren furrows lie,
Brooding kisses I will pour
Shall thy youthful heat restore –
Such kind showers in autumn fall,
And a second spring recall.
  Nor from thee will ever part,
  Ancient person of my heart.

Thy nobler part, which but to name
In our sex would be counted shame,
By age's frozen grasp possessed,
From its ice shall be released,
And soothed by my reviving hand,
In former warmth and vigour stand.
All a lover's wish can reach
For thy joy my love shall teach,
And for thy pleasure shall improve
All that art can add to love.
  Yet still I love thee without art,
  Ancient person of my heart.

Lied einer jungen Dame für ihren alten Geliebten

Alter Mann, für den ich gern
den jungen Schmeichlern bleibe fern,
du bist noch lange nicht zu alt,
weh und zitternd, irr und kalt –
  Wie du jetzt bist, bleib fortan,
  du mein geliebter alter Mann.

Deine Lippen, trocken zwar
wie Ackerfurchen spät im Jahr,
küss ich unerschütterlich,
bis du warm bist, so wie ich,
wenn im Herbst der Regen fällt,
kommt wieder Frühling in die Welt.
  Niemals ich dich lassen kann,
  du mein geliebter alter Mann.

Und jener schöne Teil von dir –
die Scham verbietet Worte hier –,
wenn Alter ihn gefrieren lässt,
so halte ich ihn freundlich fest
und tau ihn auf durch manche List,
bis er bei besten Kräften ist.
Was sich ein Mann nur wünschen mag,
die Liebe bringt es an den Tag,
und dass ich dir gefällig sei,
füg Finten ich der Liebe bei.
  Doch arglos fühlt mein Herz sich an,
  du mein geliebter alter Mann.

A Letter from Artemisia in the Town to Chloe in the Country

Chloe,
  In verse by your command I write.
Shortly you'll bid me ride astride and fight:
These talents better with our sex agree
Than lofty flights of dangerous poetry.
Amongst the men, I mean the men of wit
(At least they passed for such before they writ),
How many bold adventurers for the bays,
Proudly designing large returns of praise,
Who durst that stormy, pathless world explore,
Were soon dashed back, and wrecked on the dull shore,
Broke of that little stock they had before!
How would a woman's tottering bark be tossed
Where stoutest ships, the men of wit, are lost?
When I reflect on this, I straight grow wise,
And my own self thus gravely I advise:
  Dear Artemisia, poetry's a snare:
Bedlam has many mansions; have a care!
Your muse diverts you, makes the reader sad,
You fancy you inspired, he thinks you mad.
Consider, too, 'twill be discreetly done
To make yourself the fiddle of the town,
To find th' ill-humoured pleasure at their need,
Cursed if you fail, and scorned though you succeed!
Thus, like an arrant woman as I am,
No sooner well convinced writing's a shame,
That whore is scarce a more reproachful name

Ein Brief von Artemisia in der Stadt an Chloe auf dem Land

Chloe,
Ihr wollt mich hier zu Versen zwingen?
Soll ich im Herrensitz den Säbel schwingen?
Fürwahr, dies wär für Frauen eher klug
als der Dichtkunst heikler Höhenflug.
Selbst viele Männer, die man geistreich nennt
(zumindest bis man ihre Reime kennt),
erjagten leider keinen Lorbeerkranz,
vergebens hofften sie auf Lob und Glanz,
sie haben sich verirrt und sind in Scharen
im Sturm gekentert und auf Grund gefahren,
noch kläglicher, als sie es vorher waren!
Wie muss erst eines Weibes Barke schwanken,
wo Männer, jene derben Kähne, sanken?
All dies bedenke ich; das Resultat
ist jener für mich selbst gedachte Rat:
Artemisia, versuch es nie!
Ins Irrenhaus bringt dich die Poesie.
Dich freut die Muse, deinen Leser nicht,
du fühlst Genie, die Welt von Wahnwitz spricht.
Bedenke stets: Es ist ein schmaler Grat
von der Poetin zum Gespött der Stadt.
Verfluchen wird man dich, wenn es misslingt,
und der Erfolg nichts als Verachtung bringt.
Darum, als Vollweib, bin auch ich imstande
dem beizupflichten: Schreiben, das ist Schande,
kaum schlimmer ist die Hure hierzulande,

Than poetess –
Like men that marry, or like maids that woo,
'Cause 'tis the very worst thing they can do,
Pleased with the contradiction and the sin,
Methinks I stand on thorns till I begin.
Y' expect at least to hear what loves have passed
In this lewd town, since you and I met last;
What change has happened of intrigues, and whether
The old ones last, and who and who's together.
But how, my dearest Chloe, shall I set
My pen to write what I would fain forget?
Or name that lost thing, love, without a tear,
Since so debauched by ill-bred customs here?
Love, the most generous passion of the mind,
The softest refuge innocence can find,
The safe director of unguided youth,
Fraught with kind wishes and secured by truth;
That cordial drop heaven in our cup has thrown
To make the nauseous draught of life go down;
On which one only blessing, God might raise
In lands of atheists, subsidies of praise,
For none did e'er so dull and stupid prove
But felt a God and blessed his power in love.
This only joy for which poor we were made
Is grown, like play, to be an arrant trade.
The rooks creep in, and it has got of late
As many little cheats and tricks as that.
But what yet more a woman's heart would vex:
'Tis chiefly carried on by our own sex.
Our silly sex! who, born like monarchs free,

als Dichterinnen –
Wie ein Mann, der freit, ein Weib, das wirbt
(was beiden meist im Nu den Spaß verdirbt),
freu ich mich hier an Widerspruch und Sünde,
wie angespitzt, bis ich den Anfang finde.
Ihr fragtet, was sich in der Liebe tat
nach Eurem Abschied aus der wüsten Stadt,
wie's um Intrigen, alt und neu, bestellt
und wer wem dieser Tage wohl gefällt.
Doch wie erzähle ich mit Interesse,
was ich doch, liebste Chloe, gern vergäße?
Die Welt ist schlecht, die Liebe längst vernichtet,
wie sei dies ohne Tränen kühl berichtet?
Die Liebe! Edler Großmut und mithin
Zuflucht der Unschuld und Lehrmeisterin
der zarten unbeschirmten Jugendzeit,
noch voller Wünsche und Wahrhaftigkeit,
des Himmels Magenschnaps, dass wir nicht zucken,
wenn wir dies ekelhafte Leben schlucken;
die Liebe segnet und ein Gott ist da,
wo früher nichts als Atheismus war,
denn niemand ist so dumpf und so verstaubt,
dass er, ist er verliebt, an Gott nicht glaubt.
Die einz'ge Freude für uns Arme: Lieben –
Heut wird's, wie Spiel, professionell betrieben
und allerorts sieht man die Gauner schleichen
mit ihren kleinen Tricks und Bubenstreichen.
Doch was ein Frauenherz am meisten quält:
Meist ist's die Frau, die sich so schlimm verhält.
Wie dumm! Wir waren frei wie Königinnen,

Turn gypsies for a meaner liberty,
And hate restraint, though but from infamy.
They call whatever is not common, nice,
And deaf to nature's rule, or love's advice,
Forsake the pleasure to pursue the vice.
To an exact perfection they have wrought
The action, love; the passion is forgot.
'Tis below wit, they tell you, to admire,
And even without approving, they desire.
Their private wish obeys the public voice,
'Twixt good and bad, whimsey decides, not choice.
Fashions grow up for taste, at forms they strike,
They know what they would have, not what they like.
Bovey's a beauty, if some few agree
To call him so, the rest to that degree
Affected are, that with their ears they see.
 Where I was visiting the other night
Comes a fine lady with her humble knight,
Who had prevailed on her, through her own skill,
At his request, though much against his will,
To come to London.
As the coach stopped, we heard her voice, more loud
Than a great-bellied woman's in a crowd,
Telling the knight that her affairs require
He, for some hours, obsequiously retire.
I think she was ashamed to have him seen:
Hard fate of husbands! The gallant had been,
Though a diseased, ill-favoured fool, brought in.
«Dispatch», says she, «that business you pretend,
Your beastly visit to your drunken friend!

nun sind wir wild wie die Zigeunerinnen,
der Anstand ging mitsamt dem Zwang von hinnen.
Allein was ungewöhnlich, ist charmant,
Natur und Liebe werden taub verkannt,
freudlos wird Lastern hinterhergerannt.
Man übt mit haargenauer Perfektion
den Vorgang Liebe; fort ist die Passion.
Schmachten ist Einfalt, hat man uns erklärt,
und selbst ohne Gefallen wird begehrt.
Privater Wunsch gehorcht dem Publikum,
was gut, was schlecht ist, schwankt ad libitum,
die Mode hat Geschmack und Form vergällt,
man will, was wünschenswert, nicht, was gefällt.
Als schöner Mann ward Bovey[1] auserkoren:
Kaum haben ein paar Weiber das geschworen,
sehen fortan die andern mit den Ohren.
 Eine Dame traf ich gestern Nacht,
samt Mann, den sie geschickt dazu gebracht,
dass er sie bat, obschon er's gar nicht wollte,
dass sie ihn freundlichst doch begleiten sollte
zur Fahrt nach London.
Die Kutsche hielt, schon brüllte sie so sehr
wie eine Schwangere im Stoßverkehr,
dass ihr Gemahl, da sie noch Pläne habe,
nun bitte pflichtschuldigst von dannen trabe.
Wohl schämte sie sich seiner: Schlimmes Los
der Gatten! Wär es der Geliebte bloß,
er dürfte mit – selbst kränklich und dubios.
«Adieu», sagt sie, «nun rasch davongestreunt,
zu Eurem widerlichen Säuferfreund!

A bottle ever makes you look so fine,
Methinks I long to smell you stink of wine!
Your country drinking breath's enough to kill:
Sour ale corrected with a lemon peel.
Prithee, farewell! We'll meet again anon.»
The necessary thing bows, and is gone.
She flies upstairs, and all the haste does show
That fifty antic postures will allow,
And then bursts out: «Dear madam, am not I
The altered'st creature breathing? Let me die,
I find myself ridiculously grown,
Embarrassée with being out of town,
Rude and untaught like any Indian queen:
My country nakedness is strangely seen.
«How is love governed, love that rules the state,
And pray, who are the men most worn of late?
When I was married, fools were *à la mode*,
The men of wit were then held *incommode*,
Slow of belief and fickle in desire,
Who, ere they'll be persuaded, must inquire
As if they came to spy, not to admire.
With searching wisdom, fatal to their ease,
They still find out why what may, should not please;
Nay, take themselves for injured when we dare
Make 'em think better of us than we are,
And if we hide our frailties from their sights,
Call us deceitful jilts and hypocrites.
They little guess, who at our arts are grieved,
The perfect joy of being well deceived;
Inquisitive as jealous cuckolds grow:

Wie hübsch Ihr seid nach einem guten Trank,
ich freu mich schon auf Euren Weingestank,
die Bauernfahne hat mich stets geschafft,
das saure Schwarzbier mit Zitronensaft –
Bittschön, Adieu! Bis dann! Allons! Allons!»
Mit Kratzfuß läuft das Gattending davon.
  Sie rennt in den Salon, so schnell sie's schafft –
fünfzigmal Affektiertheit lähmt die Kraft –,
und platzt heraus: «Madame, seht nur, o weh,
mich ganz Verwandelte, *embarrassée*
von meiner Stadtflucht, lächerlich gemacht,
ganz hinterwäldlerisch und ungeschlacht
wie eine Indianerkönigin,
landnackt, man sieht's, ach, ich bin hin!
  Wie regelt man die Liebe, die den Staat
beherrscht? Welch Sorte Mann ist obligat?
Der Narr war, als ich Braut war, *à la mode*,
den Mann von Geist hielt man für *incommode*,
schwachgläubig und auch im Begehren lahm,
noch kaum verführt, der Schlaukopf schnüffeln kam,
wie ein Spion und nicht wie ein Galan:
Solch Wissbegier stört nur den Seelenfrieden,
manch Einblick sei geflissentlich gemieden.
Nein so was! Ein Affront ist's für den Schlauen,
wenn wir uns sachte schönzufärben trauen,
und wenn wir unsre Schwächen hübsch verdünnen,
so sind wir Lügner, Schlampen, Heuchlerinnen.
Nein, unsre Künste leuchten ihm nicht ein,
er kennt das Glück nicht, gut getäuscht zu sein.
Wie ein Hahnrei, ständig auf der Lauer,

Rather than not be knowing, they will know
What, being known, creates their certain woe.
Women should these, of all mankind, avoid,
For wonder by clear knowledge is destroyed.
Woman, who is an arrant bird of night,
Bold in the dusk before a fool's dull sight,
Should fly when reason brings the glaring light.
«But the kind, easy fool, apt to admire
Himself, trusts us; his follies all conspire
To flatter his, and favour our desire.
Vain of his proper merit, he with ease
Believes we love him best who best can please.
On him our gross, dull, common flatteries pass,
Ever most joyful when most made an ass.
Heavy to apprehend, though all mankind
Perceive us false, the fop concerned is blind,
Who, doting on himself,
Thinks everyone that sees him of his mind.
These are true women's men!»
Here forced to cease
Through want of breath, not will to hold her peace,
She to the window runs, where she had spied
Her much esteemed dear friend, the monkey, tied.
With forty smiles, as many antic bows,
As if 't had been the lady of the house,
The dirty, chattering monster she embraced,
And made it this fine, tender speech at last:
«Kiss me, thou curious miniature of man!
How odd thou art! How pretty! How Japan!
Oh, I could live and die with thee!» Then on

wird er, statt freudig blind zu sein, auf Dauer
viel wissen und das Wissen wird ihm sauer.
Oh, solche Männer sollen Frauen meiden:
Bewunderung kann keine Neugier leiden.
Nachtvogel ist die Frau, im Zwielicht kühn,
von Tölpeln angestaunt, muss sie doch fliehn,
sobald die Lichtflut der Vernunft erschien.
  Der Narr vertraut uns: In sich selbst vergafft,
schmeichelt er stets sich selbst mit voller Kraft,
so bleibt er dumm: für uns sehr schmeichelhaft.
Er ist so eitel, dass er jederzeit
für Liebe achtet die Gefälligkeit,
macht ihm das gröbste, schalste Kompliment,
macht ihn zum Esel: Dieser Tropf entbrennt.
Wenn alle Welt auch unsre Lügen findet,
der Stutzer, den's betrifft, er ist erblindet,
denn er glaubt, der Snob,
dass jeder Mensch grad so wie er empfindet.
Solche Männer mögen wir!»
                                        Und sie verstummt –
nicht gerne, doch ist sie nun ausgepumpt –,
sie rennt zum Fenster, denn dort festgebunden
hat sie ein Äffchen, ihren Freund, gefunden.
Sie legt ihm vierzig Reverenzen hin,
als sei das mindestens die Hausherrin,
und nimmt das Schnattermonster in den Arm
und hält ihm diese Rede, fein und warm:
«Küss mich, du wunderlicher kleiner Mann!
Wie komisch! Oh, wie hübsch! So ganz Japan!
Sei mein, bis wir einst sterben!» Und so klang

For half an hour in compliment she run.
  I took this time to think what Nature meant
When this mixed thing into the world she sent,
So very wise, yet so impertinent:
One who knew everything; who, God thought fit,
Should be an ass through choice, not want of wit;
Whose foppery, without the help of sense,
Could ne'er have rose to such an excellence.
Nature's as lame in making a true fop
As a philosopher; the very top
And dignity of folly we attain
By studious search, and labour of the brain,
By observation, counsel and deep thought:
God never made a coxcomb worth a groat.
We owe that name to industry and arts:
An eminent fool must be a fool of parts.
And such a one was she, who had turned o'er
As many books as men; loved much, read more;
Had a discerning wit; to her was known
Everyone's fault and merit, but her own.
All the good qualities that ever blessed
A woman so distinguished from the rest,
Except discretion only, she possessed.
  But now, «*Mon cher* dear Pug» she cries, «adieu!»
And the discourse broke off does thus renew:
  «You smile to see me, whom the world perchance
Mistakes to have some wit, so far advance
The interest of fools, that I approve
Their merit, more than men's of wit, in love.
But, in our sex, too many proofs there are

ihr Vortrag eine halbe Stunde lang.
Ich fragte mich, was die Natur bezweckte,
als sie die Mischgestalt, die bunt gescheckte,
halb weise, halb impertinent, erweckte.
Sie weiß Bescheid; wenn sie den Esel gibt,
so nicht aus Dummheit, sondern weil's beliebt.
Verstand hilft ihr bei ihrer Ziererei,
sonst wäre sie nicht so brillant dabei.
Kein Philosoph, kein Geck wächst von Natur,
Gipfel der Narretei erklimmt man nur
durch stetes Studium der Empirie,
Beobachtung, Disput und Theorie.
Verstandeskraft macht einen würd'gen Laffen
und Gott allein hat keinen je geschaffen,
denn Fleiß und Künste sind das Fundament:
Ein guter Narr ist einer mit Talent.
Dies galt für sie: Sie schätzte Bücher sehr,
genau wie Männer; liebte viel, las mehr,
ihr Geist war scharf und sie erkannte recht
bei jedem außer ihr, was gut, was schlecht.
Die allerschönsten Gaben schmückten sie,
weit über alle hob sie ihr Esprit –
allein den Anstand, jenen traf man nie.
«*Cher* Pug, adieu!», schreit sie den Affen an
und setzt die Rede fort, die sie begann:
«Du lächelst, dass ich – eine, die die Welt
mit Unrecht gern für eine Kluge hält –
die Narren preise und hier laut verkünde,
dass ich sie für die Liebe besser finde.
Gewitzte können Frauen ruinieren –

Of such whom wits undo, and fools repair.
This, in my time, was so observed a rule,
Hardly a wench in town but had her fool.
The meanest common slut, who long was grown
The jest and scorn of every pit buffoon,
Had yet left charms enough to have subdued
Some fop or other, fond to be thought lewd.
Foster could make an Irish lord a Nokes,
And Betty Morris had her City cokes.
A woman's ne'er so ruined but she can
Be still revenged on her undoer, man;
How lost soe'er, she'll find some lover, more
A lewd, abandoned fool than she a whore.
«That wretched thing Corinna, who had run
Through all the several ways of being undone,
Cozened at first by love, and living then
By turning the too-dear-bought trick on men –
Gay were the hours, and winged with joys they flew,
When first the town her early beauties knew;
Courted, admired and loved, with presents fed,
Youth in her looks, and pleasure in her bed,
Till fate, or her ill angel, thought it fit
To make her dote upon a man of wit,
Who found 'twas dull to love above a day,
Made his ill-natured jest and went away.
Now scorned by all, forsaken and oppressed,
She's a memento mori to the rest;
Diseased, decayed, to take up half a crown
Must mortgage her long scarf and manteau gown.
Poor creature! who, unheard of as a fly,

dann kommt ein Narr, um sie zu reparieren.
Zu meiner Zeit ward ein Gesetz geschaffen:
Kein Gör in London ohne eignen Affen.
Die letzte Schlampe, längst schon das Gespött
der Kerle auf den Plätzen im Parkett,
hat Reiz genug, um irgendeinen Gecken,
der den Lasziven gibt, sich anzustecken.
Die Foster machte Nokes aus einem Iren[2]
und Betty Morris spielt mit City-Tieren,[3]
nein, keine sinkt so tief, dass sie am Mann,
dem Ehrabschneider, sich nicht rächen kann,
denn jede findet stets ihr Vis-à-vis,
mehr öder geiler Narr als Hure sie.
Das arme Ding Corinna führt es vor:
Sie, die den Ruf auf jede Art verlor.
Liebe betrog sie, um sie dann zu lehren
sich durch die Liebe trickreich zu ernähren.
Auf Freudenflügeln flohen einst die Stunden,
als man in London sie für schön befunden,
man liebt, begehrt sie, spart mit Gaben nicht,
voll Glück ihr Bett, voll Jugend ihr Gesicht –
bis dann ein böser Geist ihr Schicksal wendet
und sie verliebt in einen Schlauen endet.
Nach einem Tag dünkt sie ihn fade schon,
ein böser Witz, und husch, ist er davon.
Passé ist sie, verlassen, bloßgestellt,
Memento mori für die ganze Welt,
krank, elend, arm, trägt sie inkognito
ins Pfandhaus ihren Schal und den Manteau.
Die Ärmste! unsichtbar wie eine Laus

In some dark hole must all the winter lie,
And want and dirt endure a whole half year
That for one month she tawdry may appear.
«In Easter term she gets her a new gown,
When my young master's worship comes to town,
From pedagogue and mother just set free,
The heir and hopes of a great family,
Which, with strong ale and beef, the country rules,
And ever since the Conquest have been fools.
And now, with careful prospect to maintain
This character, lest crossing of the strain
Should mend the booby breed, his friends provide
A cousin of his own to be his bride.
And thus set out
With an estate, no wit, and a young wife
(The solid comforts of a coxcomb's life),
Dunghill and pease forsook, he comes to town,
Turns spark, learns to be lewd, and is undone.
Nothing suits worse with vice than want of sense:
Fools are still wicked at their own expense.
«This o'ergrown schoolboy lost Corinna wins,
And at first dash to make an ass begins:
Pretends to like a man who has not known
The vanities nor vices of the town;
Fresh in his youth, and faithful in his love;
Eager of joys which he does seldom prove;
Healthful and strong, he does no pains endure
But what the fair one he adores can cure;
Grateful for favours, does the sex esteem,
And libels none for being kind to him;

harrt sie in einem dunklen Drecksloch aus,
im Winter muss sie Geld zusammenraffen,
um zur Saison sich Flitter anzuschaffen.
  Zu Ostern soll ihr Kleid dann fertig sein:
Ein junger Herr trifft neu in London ein.
Er hängt Mama noch an der Schürzenstrippe
und ist der Erbe einer großen Sippe –
Landbarone, Kuh und Bier im Magen,
Blödiane seit Normannentagen.
Dass dieses gute Blut sich nicht verdünnt,
sind seine Freunde wachsam und gesinnt
ihm die Cousine gleich zur Braut zu geben,
so liegt man im Charakter nicht daneben.
So ausgestattet,
mit Grund und Boden und mit junger Frau
(zufried'ner Stutzer, wenn auch nicht sehr schlau),
verlässt er Mist und Erbsen, wird behände
ein Stadtgalan, frivol – und ist am Ende;
denn mit dem Laster paart sich Dummheit schlecht:
Ein Tropf kommt mit Verderbtheit nicht zurecht.
  Der Schulbub fällt Corinna in die Krallen.
Sie foppt den Esel, heuchelt gleich Gefallen
an einem Mann, den Londons Eitelkeiten
und tugendlose Sitten noch nicht leiten,
ganz jugendfrisch und in der Liebe treu,
erpicht auf Freuden, die ihm völlig neu,
gesund und stark; kein Schmerz je zu ihm dringt,
den seine Liebste nicht sofort bezwingt.
Er achtet Frauen, dankt für Sympathie,
wenn eine Ja sagt, spottet er auch nie,

Then of the lewdness of the times complains,
Rails at the wits and atheists, and maintains
'Tis better than good sense, than power or wealth,
To have a love untainted, youth and health.
«The unbred puppy, who had never seen
A creature look so gay or talk so fine,
Believes, then falls in love, and then in debt;
Mortgages all, even to the ancient seat,
To buy his mistress a new house for life;
To give her plate and jewels, robs his wife.
And when t' th' height of fondness he is grown,
'Tis time to poison him, and all's her own.
Thus meeting in her common arms his fate,
He leaves her bastard heir to his estate,
And, as the race of such an owl deserves,
His own dull lawful progeny he starves.
«Nature, who never made a thing in vain,
But does each insect to some end ordain,
Wisely contrived kind keeping fools, no doubt,
To patch up vices men of wit wear out.»
Thus she ran on two hours, some grains of sense
Still mixed with volleys of impertinence.
But now 'tis time I should some pity show
To Chloe, since I cannot choose but know
Readers must reap the dullness writers sow.
By the next post such stories will I tell
As, joined with these, shall to a volume swell,
As true as heaven, more infamous than hell.
But you are tired, and so am I.
Farewell.

doch klagt er laut, wie sittenlos die Zeit,
gottlos und libertin – er sei bereit
Verstand und Macht und Reichtum hinzugeben
für Liebe, Jugend, ein gesundes Leben.
Der Welpe traf noch niemals eine Frau,
die so hübsch aussah und auch sprach so schlau,
er sitzt ihr auf, verliebt, verschuldet sich,
verpfändet Vaters Haus geflissentlich
und kauft Corinna eine schöne Bleibe,
Geschirr und Schmuck, und raubt's dem eignen Weibe.
Er liebt so sehr – nun ist es Zeit, zu sterben:
Sie gibt ihm Gift und möchte ihn beerben.
In ihrem Arm haucht er sein Leben aus,
Corinnas Bastard erbt auch Vaters Haus
und – doch wer trauert über solches schon? –
am Hungertuch nagt der legale Sohn.
Nie schuf Natur ein Wesen ohne Grund:
Ein jeder Wurm hat seinen Nutzen und
die Narren wollte sie wohl generieren,
dass sie die Laster treulich reparieren,
die kluge Leute abgenützt.» Zwei Stunden
hat sie derart mit Frechheit Geist verbunden.
Doch nun, Chloe, ist's Zeit für mein Erbarmen.
Ich weiß genau, die Leser, jene armen,
ernten die Fadheit, die der Schreiber sät.
Im nächsten Brief folgt, wie es weitergeht.
Ich schreibe Euch noch dicke Bücher voll,
ganz himmlisch wahr und höllisch grauenvoll,
doch Ihr seid müde, und ich auch.
Lebt wohl.

1 Ralph Bovey, ein Baronet ohne weitere Verdienste

2 Foster: ein Mädchen aus dem Volk, das viele Männer, unter anderen den Autor, an der Nase herumführte. Ihr Vorname ist nicht überliefert. Welchen Herrn aus Irland sie narrte, bleibt ebenfalls im Dunkeln. Nokes: so viel wie «Tölpel». Nach dem Schauspieler James Nokes, der ein Talent dafür hatte, Vollidioten darzustellen.

3 Betty Morries: Eine bekannte Prostituierte. City: die Londoner Innenstadt im Gegensatz zu den vornehmen Vierteln im Westen, die man «town» nannte

«Dieser mein Zweite-Flasche-Harry
ist der klügste & liebste Freund, den wir haben!»

Henry Savile

A Very Heroic Epistle in Answer to Ephelia

Madam,
        If you're deceived, it is not by my cheat,
For all disguises are below the great.
What man or woman upon earth can say
I ever used 'em well above a day?
How is it then that I inconstant am?
He changes not who always is the same.
  In my dear self I centre everything:
My servants, friends, my mistress and my King,
Nay, heaven and earth to that one point I bring.
Well-mannered, honest, generous and stout
(Names by dull fools to plague mankind found out)
Should I regard, I must myself constrain,
And 'tis my maxim to avoid all pain.
  You fondly look for what none e'er could find,
Deceive yourself, and then call me unkind,
And by false reasons would my falsehood prove:
For 'tis as natural to change, as love.
You may as justly at the sun repine
Because alike it does not always shine.
No glorious thing was ever made to stay,
My blazing star but visits, and away.
As fatal, too, it shines as those i' th' skies,
'Tis never seen but some great lady dies.
  The boasted favour you so precious hold
To me's no more than changing of my gold.
Whate'er you gave, I paid you back in bliss,
Then where's the obligation, pray, of this?

Ein sehr heroischer Brief als Antwort auf Ephelia

Madame,
seid Ihr betrogen, meine Schuld war's nicht.
Verstellung ziemt nicht Männern von Gewicht.
Sagt: welcher Mensch, der hier auf Erden wandelt,
behauptet, dass ich ihn je gut behandelt,
für mehr als einen Tag? Treulos sei ich?
Nicht unstet ist, wer stets sich selber glich!
Mein liebes Ich ist Mitte aller Dinge,
Freund, Freundin, König, Edle und Geringe,
auch Welt und Himmel zu dem Punkt ich bringe.
Loyal, integer, wohlerzogen, ehrlich
(der Wortschatz von Idioten, höchst beschwerlich) –
wollt ich's erfüllen, müsst ich mich bescheiden,
doch meine Losung ist, den Schmerz zu meiden.
Ihr sucht vernarrt, was niemals einer fand,
Ihr täuscht Euch selbst und nennt mich ungalant,
Bezichtigungen, irrig und obskur!
Wandel, wie Liebe, liegt in der Natur.
Habt Ihr die Sonne ebenfalls beweint,
weil sie nicht täglich gleichermaßen scheint?
Nichts Herrliches ist für die Ewigkeit,
mein Stern strahlt hell, doch nur für kurze Zeit.
Auch ein Komet erscheint am Horizont
stets nur, wenn eine große Lady kommt[1].
Zu Willen, prahlt Ihr, wart Ihr mir? Wie nichtig!
Mein Wechselgeld ist mir genauso wichtig.
Mit Eurer eignen Lust hab ich's vergolten,
ich denke, bittschön, dass wir quitt sein sollten.

If heretofore you found grace in my eyes,
Be thankful for it, and let that suffice.
But women, beggar-like, still haunt the door
Where they've received a charity before.
O happy Sultan, whom we barbarous call,
How much refined art thou above us all!
Who envies not the joys of thy serail?
Thee, like some god, the trembling crowd adore,
Each man's thy slave and womankind thy whore.
Methinks I see thee, underneath the shade
Of golden canopies supinely laid,
Thy crouching slaves all silent as the night,
But, at thy nod, all active as the light.
Secure in solid sloth thou there dost reign,
And feel'st the joys of love without the pain.
Each female courts thee with a wishing eye,
Whilst thou with awful pride walk'st careless by,
Till thy kind pledge at last marks out the dame
Thou fanciest most to quench thy present flame.
Then from thy bed submissive she retires,
And thankful for the grace, no more requires.
No loud reproach, nor fond unwelcome sound
Of women's tongue thy sacred ear dares wound.
If any do, a nimble mute straight ties
The true love-knot, and stops her foolish cries.
Thou fear'st no injured kinsman's threatening blade,
Nor midnight ambushes by rivals laid –
Whilst here with aching hearts our joys we taste,
Disturbed by swords, like Damocles his feast.

Ihr fandet einst in meinen Augen Gnade,
seid dankbar und beendet die Suade!
Wie Bettler kratzen an der Tür die Damen,
wo einmal sie ein Almosen bekamen.
Oh froher Sultan, den man grausam nennt,
welch vornehme Prinzipien er doch kennt!
Dein Harem sei dir voller Neid missgönnt!
Anbetend, zitternd folgt man deinen Spuren,
versklavt die Männer, Frauen deine Huren.
Dort liegst du, unter goldnem Baldachin,
geduckte Diener kriechen zu dir hin,
still wie die Nacht, die doch beim ersten Nicken
dich schnell wie Licht mit Dienstbarkeit erquicken.
In Trägheit darfst du auf dem Thron dich aalen,
die Liebe kosten ohne ihre Qualen,
die Damen werfen Blicke voller Sehnen,
doch dir gefällt es, herrisch abzulehnen,
dann bist du freundlich und triffst deine Wahl,
wer deine Flammen löscht dies eine Mal.
Aus deinem Bett schleicht dankbar sie von hinnen,
mehr Gnade will sie nicht für sich gewinnen.
Dein heil'ges Ohr niemals verwundet sei
von böser Weiber Hass- und Sehnsuchtsschrei,
vergisst sich eine, bremst der Liebesknoten
von einem stummen Henker[2] solche Noten.
Du fürchtest nicht die Klinge böser Brüder[3]
und kein Rivale schlägt dich nächtens nieder –
Bekümmert, furchtsam warten *wir* indes
bei jedem Fest aufs Schwert des Damokles.

Bei diesem Gedicht handelt es sich weniger um ein Glaubensbekenntnis des Autors als um eine Satire auf seinen Feind John Sheffield, Earl of Mulgrave (siehe Seite 24)

1 Die sexuelle Nebenbedeutung von «to die» (sterben/einen Orgasmus haben) drängt sich im Original so auf, dass sie bei der Übersetzung auf Kosten der wörtlichen Bedeutung berücksichtigt wurde. Kometen, so sagt man, erscheinen nur bei höchst bedeutsamen Ereignissen.

2 Am Hof des persischen Sultans wurden Hinrichtungen Sklaven anvertraut, denen man zuvor die Zunge herausgeschnitten hatte.

3 Anspielung auf Lord Mulgraves Verhältnis mit Mall Kirke, einer Ehrenjungfer der Duchess of York, das zu einem lächerlichen nächtlichen Überfall, einem Duell etc. führte.

«Nie sagt er etwas Dämliches, und Kluges tut er nicht»

König Charles II. von England

A Satyr against Reason and Mankind

Were I (who to my cost already am
One of those strange prodigious creatures, man)
A spirit free to choose, for my own share,
What case of flesh and blood I pleased to wear,
I'd be a dog, a monkey, or a bear,
Or anything but that vain animal
Who is so proud of being rational.
  The senses are too gross, and he'll contrive
A sixth, to contradict the other five,
And before certain instinct, will prefer
Reason, which fifty times for one does err.
Reason, an *ignis fatuus* in the mind,
Which, leaving light of nature, sense, behind,
Pathless and dangerous wandering ways it takes
Through error's fenny bogs and thorny brakes,
Whilst the misguided follower climbs with pain
Mountains of whimseys, heaped in his own brain.
Stumbling from thought to thought, falls headlong down
Into doubt's boundless sea, where, like to drown,
Books bear him up awhile, and make him try
To swim with bladders of philosophy.
In hopes still to o'ertake th' escaping light,
The vapour dances in his dazzling sight
Till, spent, it leaves him to eternal night.
Then old age and experience, hand in hand,
Lead him to death, and make him understand,
After a search so painful and so long,
That all his life he has been in the wrong.

Satire gegen die Vernunft und den Menschen

Könnt ich (der ich, mir war's nicht freigestellt,
in Menschenform, missraten, kam zur Welt)
als Geisteswesen frei für mich entscheiden,
welch Fleischeshülle sollte mich bekleiden:
Hund, Affe, Bär, das könnte ich gut leiden,
und alles sonst, nur nicht dies eitle Vieh,
so stolz auf die Vernunft und das Genie.
Fünf grobe Sinne hat es und als nächsten
erfindet es zum Widerspruch den sechsten,
stellt die Vernunft hoch über den Instinkt,
was Trefferquoten eins zu fünfzig bringt;
als Irrlicht führt sie auf die falsche Spur,
verdunkelt Sinn, verdunkelt die Natur,
schwärmt ohne Pfad durch heikles Sumpfgelände,
voll Dornen, Schlick des Irrtums ohne Ende;
mit Qual erklimmt ihr Jünger dann den Firn
des Grillenbergs in seinem eignen Hirn.
Durch Geistesblitze taumelt er voran,
fällt in den großen Zweifels-Ozean,
noch retten Bücher, er verwendet sie
als einen Schwimmring aus Philosophie,
noch hascht er nach dem Licht, das längst versinkt,
halb blind, ist er von Nebeln schon umringt,
dann kommt die Nacht, in der er fast ertrinkt,
dann Alter und Erfahrung, Hand in Hand,
der Tod ist nah, und jetzt hat er erkannt,
nach langer Suche, schmerzhaft, unfruchtbar,
dass er sein Leben lang im Irrtum war.

Huddled in dirt the reasoning engine lies,
Who was so proud, so witty and so wise.
Pride drew him in, as cheats their bubbles catch,
And made him venture to be made a wretch.
His wisdom did his happiness destroy,
Aiming to know that world he should enjoy.
And wit was his vain, frivolous pretense
Of pleasing others at his own expense,
For wits are treated just like common whores:
First they're enjoyed, and then kicked out of doors.
The pleasure past, a threatening doubt remains
That frights th' enjoyer with succeeding pains.
Women and men of wit are dangerous tools,
And ever fatal to admiring fools:
Pleasure allures, and when the fops escape,
'Tis not that they're beloved, but fortunate,
And therefore what they fear at heart, they hate.

But now, methinks, some formal band and beard
Takes me to task. Come on, sir; I'm prepared.
«Then, by your favour, anything that's writ
Against this gibing, jingling knack called wit
Likes me abundantly; but you take care
Upon this point, not to be too severe.
Perhaps my muse were fitter for this part,
For I profess I can be very smart
On wit, which I abhor with all my heart.
I long to lash it in some sharp essay,
But your grand indiscretion bids me stay
And turns my tide of ink another way.

Und die Vernunftmaschine liegt im Dreck,
einstmals so stolz, so klug, so aufgeweckt.
Ein Bauernfänger ist die Eitelkeit,
ins Elend führt sie ihn mit Sicherheit,
der Scharfsinn ruinierte den Genuss,
da er ja alles stets durchschauen muss.
Verstand war Vorwand, nichtig und frivol,[1]
er freut nur andre und tut ihm nicht wohl.
Wie eine Hure ist ein Mann von Geist,
die man vernascht, dann auf die Straße schmeißt.
Nach dem Genuss bleibt Zweifel stets zurück,
der ihn bedroht: Schmerz folgt auf jedes Glück.
Ein Weib, ein Mann von Witz sind sehr gefährlich:
Der Narr bewundert sie und schaut begehrlich,
Genuss verlockt, und wenn er knapp entwischt,
war es sein Glück, denn Liebe war es nicht –
und was ihn ängstigt, hasst ein solcher Wicht.[2]

Hochwürden mit dem Beffchen und dem Barte
nimmt mich ins Kreuzverhör. Nur zu! Ich warte.
«Mir sehr genehm, so es gestattet sei,
ist jede Schelte dieser Klingelei
voll Spott und Trick, die man den Witz getauft.[3]
Doch gebt gut Acht, dass Ihr Euch nicht verlauft
in falschem Nachdruck. Meine Muse passt
für dieses Thema besser, denn sie fasst
es pfiffig an: Der Witz ist ihr verhasst!
Gern peitscht' ich ihn mit schneidendem Traktat,
doch Euer unverschämtes Referat
zwang meine Tinte nun zu andrer Tat:

What rage ferments in your degenerate mind
To make you rail at reason and mankind?
Blest, glorious man! to whom alone kind heaven
An everlasting soul has freely given,
Whom his great Maker took such care to make
That from Himself he did the image take
And this fair frame in shining reason dressed
To dignify his nature above beast;
Reason, by whose aspiring influence
We take a flight beyond material sense,
Dive into mysteries, then soaring pierce
The flaming limits of the universe,
Search heaven and hell, find out what's acted there,
And give the world true grounds of hope and fear.»

Hold, mighty man, I cry, all this we know
From the pathetic pen of Ingelo,
From Patrick's *Pilgrim*, Sibbes' soliloquies,
And 'tis this very reason I despise:
This supernatural gift, that makes a mite
Think he's the image of the infinite,
Comparing his short life, void of all rest,
To the eternal and the ever blest;
This busy, puzzling stirrer-up of doubt
That frames deep mysteries, then finds 'em out,
Filling with frantic crowds of thinking fools
Those reverend bedlams, colleges and schools,
Borne on whose wings, each heavy sot can pierce
The limits of the boundless universe.
So charming ointments make an old witch fly

An welch verquerer Wut seid Ihr erkrankt,
dass gegen Menschheit und Vernunft Ihr zankt?
Oh Mensch, so glorreich und gebenedeit,
der Seele gab Gott die Unsterblichkeit,
und mit solch großer Sorgfalt schuf er ihn,
dass als Sein Ebenbild der Mensch erschien.
Die Robe der Vernunft ward seine Zier,
erhob ihn würdig über jedes Tier –
Vernunft! dank deiner darf es uns gelingen,
uns über die Materie aufzuschwingen,
zu tauchen nach Mysterien, zu durchdringen
die Flammengrenzen, die die Welt umringen,[4]
dem Himmel und der Hölle nachzuspüren,
um Hoffnung, Angst der Irdischen zu schüren.»

Still, großer Mann! Das weiß ich sowieso,
voll Pathos schildert es schon Ingelo,
in Patricks *Pilger* steht's, auch Sibbes es dachte,[5]
genau dies ist Vernunft, die ich verachte:
die Himmelsgabe, die die Mücke weiht
zum Ebenbilde der Unendlichkeit,
dass sie, indem ihr kurzes Leben weicht,
sich mit dem Ew'gen, ew'ger Gunst vergleicht.
Geschäftig wühlt Vernunft den Zweifel auf,
schafft erst Mysterien, dann kommt sie drauf,
und Narren, denkend und verbissen, lädt
sie in das Tollhaus Universität,
auf dessen Flügeln jeder schlichte Mann
zum Rand des Universums jagen kann.
Solch Zaubersalbe schmiert den Hexenbesen,

And bear a crippled carcass though the sky.
'Tis an exalted power, whose business lies
In nonsense and impossibilities,
This made a whimsical philosopher
Before the spacious world, his tub prefer,
And we have modern cloistered coxcombs who
Retire to think, 'cause they have nought to do.
  But thoughts are given for action's government;
Where action ceases, thought's impertinent.
Our sphere of action is life's happiness,
And he who thinks beyond, thinks like an ass.
  Thus, whilst against false reasoning I inveigh,
I own right reason, which I would obey:
That reason which distinguishes by sense
And gives us rules of good and ill from thence,
That bounds desires with a reforming will
To keep 'em more in vigour, not to kill.
Your reason hinders, mine helps to enjoy,
Renewing appetites yours would destroy.
My reason is my friend, yours is a cheat:
Hunger calls out, my reason bids me eat.
Perversely, yours your appetite does mock:
This asks for food, that answers: «What's o' clock?»
This plain distinction, sir, your doubt secures:
'Tis not true reason I despise, but yours!

Thus I think reason righted, but for man,
I'll ne'er recant; defend him if you can.
For all his pride and his philosophy,
'Tis evident beasts are, in their degree,

lehrt Krüppel fliegen, Leichen, die verwesen –
die hehre Macht Vernunft, sie ist geweiht
dem groben Unsinn, der Unmöglichkeit,
so dass ein wunderlicher Philosoph
statt in der Welt, in einem Fass hielt Hof:
Moderne Tölpel oft im Kloster ruhn
und denken, denn sie haben nichts zu tun.
  Für Taten sind Gedanken unerlässlich,
wo Taten enden, sind Gedanken hässlich.
Das Lebensglück Ziel aller Taten sei
und alles andere ist Eselei.
  Verlogene Vernunft beschimpfe ich –
mein ist die wahre und sie leitet mich.
Vernunft ist, was nur auf die Sinne schwört
und uns, was gut und schlecht, durch diese lehrt.
Den Willen heißt sie zur Begierde treten,
um sie zu kräftigen, nicht, sie zu töten.
Eure Vernunft vereitelt, meine nicht –
sie dient Gelüsten, Eure lehrt Verzicht.
Eure Vernunft ist auf Verrat versessen,
ich habe Hunger, meine heißt mich essen.
Pervers ist Eure, wenn's um Wünsche geht:
Ihr ruft nach Nahrung und sie fragt: «Wie spät?»
Dies, Sir, sind Gegensätze: Ich beteure,
ich hass nicht *die* Vernunft, ich hasse *Eure*!

So viel zu diesem. Nun zum Menschen: Hier
kann ich nichts widerrufen. Schützt ihn Ihr!
Bei allem Stolz, aller Philosophie,
ist offenbar, dass doch ein jedes Vieh

As wise at least, and better far than he.
Those creatures are the wisest who attain
By surest means the ends at which they aim.
If therefore Jowler finds and kills his hares
Better than Meres supplies committee chairs,
Though one's a statesman, th' other but a hound,
Jowler, in justice, would be wiser found.
  You see how far man's wisdom here extends;
Look next if human nature makes amends,
Whose principles most generous are, and just,
And to whose morals you would sooner trust.
Be judge yourself, I'll bring it to the test:
Which is the basest creature, man or beast?
Birds feed on birds, beasts on each other prey,
But savage man alone does man betray.
Pressed by necessity, they kill for food,
Man undoes man to do himself no good.
With teeth and claws by nature armed, they hunt
Nature's allowance to supply their want.
But man, with smiles, embraces, friendship, praise,
Inhumanely his fellow's life betrays;
With voluntary pains works his distress,
Not through necessity, but wantonness.
  For hunger or for love they fight and tear,
Whilst wretched man is still in arms for fear.
For fear he arms, and is of arms afraid,
By fear to fear successively betrayed.
Base fear, the source whence his best passions came,
His boasted honour and his dear-bought fame,
That lust of power, to which he's such a slave,

in Klugheit gleich, in Güte mehr gedieh.
Dem weisen Tier zur Ehre es gereicht,
dass es auf sichrem Weg sein Ziel erreicht.
Gewiss jagt Jauler Hasen mit mehr Witz
als Meres[6] den steten Kommissionsvorsitz.
Staatsmann ist Meres und Jauler nur ein Hund,
doch in Verständigkeit der bessre Fund.
Ihr seht, wie weit der Geist des Menschen reicht;
prüft nun, ob sein Charakter uns erweicht:
Wessen Prinzip ist mehr von Großmut voll,
wessen Moral man eher trauen soll –
Ihr richtet selbst. Ich stell nur Fragen hier:
Wer ist erbärmlicher, Mensch oder Tier?
Vogel frisst Vogel, Tier fällt Tier zur Beute,
doch nur ein Mensch betrügt die andern Leute.
Die Tiere töten aus Notwendigkeit,
ein Mensch vernichtet Menschen allezeit
ganz ohne Zweck. Natur gab Zahn und Krallen
dem Tier, um seine Nahrung anzufallen,
der Mensch nützt Lächeln, Freundschaft, Lob, Umarmung,
verrät den anderen durch solch Umgarnung,
mit größten Mühen er ihm Böses tut,
aus Not nicht, sondern nur aus Übermut.
Dem Trieb, dem Hunger jedes Tier gehorcht,
der Mensch bewaffnet sich vor lauter Furcht.
Er waffnet Furcht und er hat Furcht vor Waffen,
die Furcht hat neue Furcht ihm gleich geschaffen,
gemeine Furcht ist Quelle allen Strebens,
von Ruhm und Ehre, Dünkel seines Lebens,
von Machtgier, der er sich so sehr versklavt,

And for the which alone he dares be brave;
To which his various projects are designed,
Which makes him generous, affable and kind,
For which he takes such pains to be thought wise,
And screws his actions in a forced disguise,
Leading a tedious life in misery
Under laborious, mean hypocrisy.
Look to the bottom of his vast design,
Wherein man's wisdom, power and glory join:
The good he acts, the ill he does endure,
'Tis all from fear: to make himself secure.
Merely for safety after fame we thirst,
For all men would be cowards if they durst.
  And honesty's against all common sense:
Men must be knaves, 'tis in their own defence.
Mankind's dishonest; if you think it fair
Amongst known cheats to play upon the square,
You'll be undone.
Nor can weak truth your reputation save:
The knaves will all agree to call you knave.
Wronged shall he live, insulted o'er, oppressed,
Who dares be less a villain than the rest.
  Thus, sir, you see what human nature craves:
Most men are cowards, all men should be knaves.
The difference lies, as far as I can see,
Not in the thing itself, but the degree,
And all the subject matter of debate
Is only: Who's a knave of the first rate?
  All this with indignation I have hurled
At the pretending part of the proud world,

dass sie allein ihm Tapferkeit verschafft.
Auf ihr beruht sein Planen; liebenswert,
gutherzig, freundlich macht sie ihn, gelehrt
und weise gibt er sich nur ihretwegen,
und muss groteske Maskeraden pflegen,
auf dass sein Leben schal und öde sei
in mühevoll gemeiner Heuchelei.
Schaut hin auf des Gebäudes Fundament
von Macht und Ruhm und Weisheit und erkennt,
wenn Menschen Gutes tun und Schlimmes tragen,
es sind stets Angst und Furcht, die sie zernagen.
Der sucht nur Schutz, der nach Berühmtheit jagte –
ein jeder wär ein Feigling, wenn er's wagte.
Wer schlau ist, lässt mit Anstand sich nicht ein:
Aus Selbstschutz muss der Mensch ein Schurke sein.
Der Mensch ist falsch; und möchtest du dich lockern,
spielst ehrlich mit den anerkannten Zockern,
ist's dein Ruin.
Und Wahrheit wird den Ruf nicht retten können,
denn Schurke werden dich die Schurken nennen,
gehasst, verachtet wird in dem Verein
der, der es wagt, kein rechter Lump zu sein.
Nach solchem die Natur des Menschen ruft:
Feig sind die meisten, Sir, jeder ein Schuft.
Der Unterschied, so scheint's mir in der Tat,
liegt in der Sache nicht, er liegt im Grad:
Am Ende wird man höchstens handelseins,
welch Schurken nun gebührt die Nummer eins.
So hab ich's also wütend dargestellt
dem heuchlerischen Teil der stolzen Welt,

Who, swollen with selfish vanity, devise
False freedoms, holy cheats and formal lies
Over their fellow slaves to tyrannise.

But if in Court so just a man there be
(In Court a just man, yet unknown to me)
Who does his needful flattery direct
Not to oppress and ruin, but protect
(Since flattery, which way soever laid,
Is still a tax on that unhappy trade);
If so upright a statesman you can find,
Whose passions bend to his unbiased mind,
Who does his arts and policies apply
To raise his country, not his family,
Nor, whilst his pride owned avarice withstands,
Receives close bribes through friends' corrupted hands;
Is there a churchman who on God relies,
Whose life his faith and doctrine justifies?
Not one blown up with vain prelatic pride,
Who, for reproof of sins, does man deride,
Whose envious heart makes preaching a pretence,
With his obstreperous, saucy eloquence,
To chide at kings and rail at men of sense;
None of that sensual tribe whose talents lie
In avarice, pride, sloth and gluttony;
Who hunt good livings, but abhor good lives;
Whose lust exalted to that height arrives
They act adultery with their own wives,
And ere a score of years completed be,
Can from the lofty pulpit proudly see

der aufgebläht, mit Eitelkeit geziert,
Freiheit und Glaube unwahr kolportiert
und andre Sklaven so tyrannisiert.

Wär ein Gerechter nur bei Hof versteckt
(bei Hof! gerecht! Ich hab ihn nicht entdeckt),
der Schmeichelei, die alte Disziplin,
zur Protektion benützt, nicht zum Ruin
(denn Schmeicheln ist der angebrachte Ton,
die Steuer jener tristen Profession) –
 Wenn Ihr nur einen einzigen Staatsmann findet,
dessen Verstand Begierden unterbindet,
der Kunst und Politik dafür verwandt,
nicht seinen Stamm zu fördern, doch sein Land,
der nicht, nachdem er selbst stolz Nein gesagt,
die Freunde nach Bestechungsgeldern fragt –
 Gibt's Priester, die vielleicht dem Herrgott dienen
mit einem Leben, passend zu Doktrinen?
Nicht einer, von Prälatenstolz geschwellt,
der Sünder strafend auslacht, wenn's gefällt,
bei dem die Predigt Neid und Vorwand heißt,
der unverschämt rhetorisch um sich beißt
bei Königen und jedem Mann von Geist;
auch keiner, dessen Kunst gegründet sei
auf Hochmut, Trägheit, Gier und Völlerei,
der Reichtum jagt und auf die Tugend pfeift,
und dessen Wollust derart um sich greift,
dass er die eigne Frau so oft betrogen,
dass, zwanzig Jahre sind noch kaum verflogen,
er von der Kanzel blickt mit hohem Mut

Half a large parish their own progeny;
Nor doting bishop who would be adored
For domineering at the council board,
A greater fop in business at fourscore,
Fonder of serious toys, affected more
Than the gay glittering fool at twenty proves
With all his noise, his tawdry clothes and loves –
  But a meek, humble man of honest sense,
Who, preaching peace, does practise continence,
Whose pious life's a proof he does believe
Mysterious truths, which no man can conceive.
If upon earth there dwell such God-like men,
I'll here recant my paradox to them,
Adore those shrines of virtue, homage pay,
And with the rabble world, their laws obey.
  If such there be, yet grant me this at least:
  Man differs more from man, than man from beast.

auf die Gemeinde voll der eignen Brut.
Auch nicht ein Bischof, kindisch und senil,
verehrt als großer Häuptling vom Konzil,
ein Geck mit achtzig, weitaus passionierter
für ernsten Firlefanz, und affektierter
als je mit zwanzig die geputzten Herren,
froh, laut, mit Schmuck behängt und mit Affairen –
  Nein, einen Mann von Demut und Verstand,
der Friede predigt, den man maßvoll fand,
der stets sein Leben führt in frommer Klarheit,
so wie er glaubt an wunderbare Wahrheit –
wenn solch ein Mann gottgleich auf Erden wandelt,
sei meine These neu mit ihm verhandelt:
Ich will in Demut tief vor ihm mich neigen
und wie der Pöbel stets Gehorsam zeigen.
  Wenn's diesen gibt, erlaubt nur eines mir:
  Mensch gleicht Mensch weniger als Mensch dem Tier.

Rochesters berühmtestes Gedicht ist inspiriert von einer Satire von Nicholas Boileau-Despréaux und enthält eine Unzahl von Anspielungen auf andere philosophische und theologische Schriften. «Ganze Bände könnte man zusammendrucken, welche als ein Kommentar zu jenem schrecklichen Texte gelten können», schrieb Goethe, ebenso angewidert wie fasziniert, in «Dichtung und Wahrheit». Schon zu Rochesters Lebzeiten löste der Text eine Flut von Vorwürfen und Entgegnungen aus.

1 Rochester wechselt hier recht abrupt das Thema. Während zuerst von der Vernunft als unerreichbarem Ziel philosophischer Bemühungen die Rede ist, handelt der Text nun plötzlich von den ebenso bestaunten wie verhassten Qualitäten eines «man of wit». Das im Grunde unübersetzbare Wort «wit» bezeichnet das Talent, in der aristokratischen Gesellschaft durch (Frei-)Geist und Schlagfertigkeit zu brillieren.

2 Sehr verknappt. Der Genuss des «wit» zieht den Narren an, aber er bringt sich durch den Umgang mit geistreichen Leuten in Gefahr. Wenn er mit heiler Haut davonkommt, hat er Glück gehabt, denn aus Sympathie verschont ihn niemand. Das weiß der Narr, deshalb hasst er die Klügeren.

3 Der Geistliche, der mit dem Autor diskutiert, teilt dessen Meinung über den trügerischen «wit», nicht aber über die gottgegebene «reason».

4 Nach Lukrez ist das Universum mit Feuer umgeben.

5 Nathaniel Ingelo: Autor einer schwer erträglichen allegorischen Dichtung namens «Bentivolio and Urania». Patricks «Pilger»: «The Parable of the Pilgrim» von Simon Patrick, ein frommes Lehrstück. Richard Sibbes: Autor mehrerer puritanischer Besinnungsbücher

6 Sir Thomas Meres, ein prominenter Politiker, der oft den Vorsitz von Unterkommissionen des Parlaments innehatte

Rettete seine Seele und verbrannte seine Gedichte:

Ann, Dowager Countess of Rochester,
die Mutter des Autors

To the Postboy

Rochester:

Son of a whore, God damn you! Can you tell
A peerless peer the readiest way to hell?
I've outswilled Bacchus, sworn of my own make
Oaths would fright Furies and make Pluto quake;
I've swived more whores more ways than Sodom's walls
E'er knew, or the College of Rome's cardinals.
Witness heroic scars – Look here, ne'er go! –
Cerecloths and ulcers from the top to toe!
Frighted at my own mischiefs, I have fled
And bravely left my life's defender dead;
Broke houses to break chastity, and dyed
That floor with murder which my lust denied.
Pox on't, why do I speak of these poor things?
I have blasphemed my God and libelled kings!
The readiest way to hell! Come, quick!

Boy:

Ne'er stir:
The readiest way, my Lord, 's by Rochester.

An den Postjungen

Rochester:

Du Hurensohn, verdammt! Sag, auf die Schnelle,
wie komme ich am besten in die Hölle?
Wie Bacchus soff ich, schrie Injurien,
schlimmer als Pluto samt den Furien,
was ich mit Huren tat, wenn ich's erzähle,
erschreck ich Sodom und Roms Kardinäle.
Die Narben sieh, die kühn mich übersäen,
Pflaster, Geschwür vom Kopf bis zu den Zehen.
Entsetzt ob meiner selbst, bin ich verschwunden,
mein Lebensretter starb an seinen Wunden;
Fenster und Keuschheit habe ich zerbrochen,
vergieße Blut, wenn Weiber nicht gehorchen,
die Pocken über die Banalität!
Könige und Gott hab ich geschmäht!
Der schnellste Weg zur Hölle! Rasch!

Junge:

Mein Herr,
der schnellste Weg führt über Rochester.

Die Verse sind kurz nach dem 17. Juni 1676 geschrieben. Rochester und einige seiner Freunde, darunter ein Captain Downs, hatten in Epsom eine Prügelei mit ein paar Musikern angefangen, die nicht für sie spielen wollten. Ein vorbeikommender Barbier versuchte zu schlichten, worauf die Gentlemen wieder handgreiflich wurden. Unter dem Vorwand, sie zu der schönsten Hure von Epsom zu führen, begleitete sie der Barbier zum Haus eines Wachmanns, der sie verständlicherweise nicht einließ. Die Herren traten die Tür ein, der Wachmann floh und holte Verstärkung. Rochester und seine Freunde schienen sich zuerst zu beruhigen, dann zog der volltrunkene Rochester allerdings plötzlich den Degen. Captain Downs versuchte ihn zu entwaffnen, die Wachleute interpretierten die Situation falsch und gingen auf den anscheinend unbewaffneten Downs los. Rochester und alle anderen Gentlemen suchten das Weite und überließen Captain Downs seinem Schicksal. Die Wachleute schlugen ihm den Schädel ein, dann stachen sie ihn mit einer Hellebarde nieder. Zehn Tage später starb er an seinen Wunden. Rochesters Ruf, ein Feigling zu sein, bekam durch dieses Ereignis neue Nahrung.

Briefe

Rund hundert Briefe sind von Lord Rochester erhalten. Die vorliegende Auswahl beschränkt sich auf solche, die einerseits über private Notizen hinausgehen und sich andererseits ohne viel Hintergrundwissen erschließen. Nicht mit aufgenommen wurden die Briefe an Rochesters Geliebte Elizabeth Barry, da sie nur verstümmelt, geklittert und zensiert überliefert sind.

Rochester in Bath an Henry Savile in London, 1671

Aus der Entfernung kann ich nicht zu wissen behaupten, ob Liebe, Wein oder Weisheit (welche Euch immer abwechselnd regieren) gerade den Vorrang hat; aber Eure gute Natur, die Euch achtsamer aufwartet als Godfrey[1] persönlich, versichert mich, dass Ihr Eure abwesenden Freunde nicht vergesst. Ich bin nicht ein solcher Verbrecher, das Unglück zu verdienen, Euch fern & gleichzeitig vergessen zu sein; denn seit ich den brünetten & blonden Ladys[2] so schändlich die Geheimnisse Eures geteilten Herzens gepetzt habe, beging ich kein zweites Verbrechen gegen Euch & diese Untat hattet Ihr mir bei der ersten Flasche schon verziehen, & bei der zweiten wart Ihr, meiner Treu, schon so weit, allen beiden Damen abzuschwören und dem ganzen weiblichen Geschlecht.

Oh, dieser mein Zweite-Flasche-Harry ist der ehrlichste, klügste & liebste Freund, den wir haben, er spricht die Wahrheit über uns & zwingt uns, über andere wahr zu sprechen, verbannt von unserer Zunge die Schmeichelei & das Misstrauen aus unserem Herzen, erhebt uns über die gemeine Klugheit der höfischen Sitte, die uns lehrt, einander tagelang anzulügen, aus Furcht, später nächtelang verleumdet zu werden. Und bei Gott, ich glaube, der gemeinste Schuft ist ehrlich, solange es diese zweite Flasche gibt, und nur wenige würden ihn anzugreifen wagen, jedenfalls keine Hofleute und Politiker. Ich habe ernsthaft nachgedacht & bin mir sicher, von den drei Berufungen unserer Zeit, Frauen, Intrigen & Wein, ist die dritte die einzige Übung, in der wir beide je über die niederste Stümperei hinausgekommen sind. Solltet Ihr die Eitelkeit besitzen, mir zu widersprechen, so lasst uns, wenn wir einander das nächste Mal treffen, Freunde beiderlei Geschlechts zu Richtern anrufen & je nach ihrem Urteil künftig als reine Säufer oder als reine Liebhaber leben & sterben; denn wenn wir beides vermischen, kann man nur schwer noch sagen, was ermüdender ist, der verliebte Säufer oder der versoffene Liebhaber.

Falls Ihr Eurem fetten Arsch einen Galopp nach Portsmouth zugemutet habt, liegt Ihr jetzt nach all dem Gescheuer gewiss zu Bett mit Hämorrhoiden & Fistula in Ano & habt viel Zeit, Eurem Bekannten auf dem Lande einen Brief zu schreiben, & falls Ihr das unterlasst, nehme ich mir die Freiheit, Euch für sehr hochnäsig zu halten; solch ein Brief soll an mich in Adderbury bei Banbury adressiert sein, wo ich in drei Tagen sein will.

Euer gehorsamster ergebener Diener

Rochester

1 Einer von Saviles Pagen

2 Wahrscheinlich die Countess of Falmouth und die Countess of Nor-

thumberland. Von Letzterer ist überliefert, dass Henry Savile ungebeten eine «Attacke auf ihre Schlafkammer» unternahm, worauf die Dame «mit einer solchen Gewalt ihre kleine Glocke läutete, als stehe das Haus in Flammen».

Rochester in London an seine Frau in Adderbury, ohne Datum

Ich kann nicht leugnen, dass heroische Entschlüsse von Frauen mich nie zu großer Entzückung hingerissen haben, ja selbst wenn mein Leben davon abhinge, ich halte weibliche Heldenhaftigkeit für eine sehr unverschämte Tugend. Man muss stets bedenken, woraus Männer wie Frauen geschaffen sind: aus Wärme und aus Kälte. Großherzigkeit und Gemeinheit sind notwendige Ingredienzien, die in einem jeden Menschen zusammenfließen, und wenn die Wärme überwiegt, so nennt man uns heißblütig, und wenn die Kälte überwiegt, nennt man uns kalt; doch muss beides recht gemischt sein, denn sonst wäre unsere Wärme ein Feuer und unsere Kälte klirrender Frost. Und Großherzigkeit und Tugend, zumindest irgendein Funke primitiver Anmut, ist in jedem, der lebt, zu finden, und ebenso, in gewissem Maße, ein wenig Gemeinheit und Laster, die Saat der Erbsünde; denn wenn einer von beiden Anteilen völlig fehlen würde, müssten alle Männer & Frauen perfekte Engel sein oder absolute Teufel. Nur nach dem Übergewicht einer der beiden Qualitäten nennt man uns gut oder schlecht; und weil sie als Gegensätze in einem einzigen Körper wohnen, müssen sie natürlich stets an gegenüberliegenden Enden untergebracht sein. Deshalb schließe ich, dass Großherzigkeit und Gemeinheit – ganz nach der Regel «warme Füße machen einen kühlen Kopf» – genau gegenüber voneinander zu lokalisieren sind: Ein heroischer Kopf also ist balanciert mit einem bescheidenen Hinterteil.

Außer langem Nachdenken hat mich auch die Empirie in dieser These bestärkt und viele Beispiele dafür geliefert. Lady Morton, Nell, Villiers[1] & zwanzig andere haben beispielsweise so viel Ehre in den Köpfen, dass alle sonstigen Körperteile daran Mangel leiden. Daher kommt es, Madam, dass ich für eine hochtrabende Dame nicht allzu viel Achtung empfinde; & deshalb bin ich froh, dass keine von meinen Freundinnen es für nötig hielt, ihre sonstigen Perfektionen auch noch mit dieser transzendenten Qualität zu ergänzen. Erträglich ist das Heroische nur bei einer Zofe, welche, um etwa ihre Abstammung von ihrem Großonkel Sir Humphrey zu beweisen, die Affektation geistiger Höhenflüge anstrengen muss und eine Neigung zu vornehmer Konversation.

Dies hier ist ein Brief. Und damit es ein freundlicher wird, muss ich Euch meiner weltgrößten Liebe versichern, & damit es ein höflicher wird, muss ich unten, mit sehr großem Abstand schreiben –

– Madam, ich achte Euch zu sehr, um mich, wenn ich in Ungnade bin, in Eure Nähe zu wagen, doch wenn ich wieder in Gnade bin, werde ich Euch aufwarten.

Euer sehr ergebener Diener
Rochester

Der Anlass für diese Abhandlung war wahrscheinlich Lady Rochesters «heroische» Weigerung, sich jemals mit ihrer Schwiegermutter auszusöhnen. Stilistisch parodiert der Brief die philosophischen Traktate der Zeit.

1 Lady Morton: Dame des Hofes. Nell: Nell Gwynn. Villiers: die Duchess of Cleveland

Rochester in Adderbury an Henry Savile in London, 1673 oder 1674

Lieber Savile,

so fügt doch die Wohltätigkeit Euren sonstigen frommen Prinzipien hinzu & bewahrt Euren ergebenen Diener Rochester vor der drohenden Gefahr der Nüchternheit, welche - und zwar mehr aus Mangel an Wein denn aus Mangel an Gesellschaft (denn ich trinke wie ein Eremit zwischen Gott & meinem Gewissen) - sehr wahrscheinlich bald über mich kommen wird. Erinnert Euch, welche Mühen ich stets auf mich nahm, um Euch von Euren schändlichen Vorsätzen, Anstand und Weisheit betreffend, wieder abzubringen. Und falls Ihr ein dankbares Herz habt (was bei euch Politikern ein Wunder wäre), so zeigt es, indem Ihr dem Überbringer dieses Briefes den Weg zum besten Wein von London weist, und bitte schön, nehmt diesen höchsten Dienst heiliger Freundschaft nicht auf die leichte Schulter, sondern handelt mit aller nötigen Überlegtheit und Sorgfalt, wie dies geweihte Priester beim Opfern tun oder verständige Diebe, die mit Umsicht einen Einbruch oder Ladendiebstahl planen. Lasst Euren wählerischen Gaumen (gewiss Euer bester Richter) von Keller zu Keller fliegen & dann von Fass zu Fass, bis er sich auf einem Wein niederlässt, der seinem vornehmen Geschmack und meiner Zustimmung würdig ist. Um Euch in dieser Angelegenheit noch mehr anzufeuern, so wisst, dass ich einen Plan ausgeheckt habe, der Euch mit großer Wahrscheinlichkeit dazu verurteilen wird, den Wein auch selbst zu trinken. Lord ... wird Euch rechtzeitig informieren.

Lieber Savile, solltest Du jemals danach trachten, Machiavelli zu übertrumpfen beziehungsweise es mir gleichzutun, so schick mir doch bitte ein bisschen guten Wein!

Rochester

Rochester in Adderbury an Henry Savile in London, zwischen 1673 und 1675

Es ist nicht die geringste meiner Freuden, dass ich glaube, Ihr liebt mich, aber es ist mein größter Wunsch, den Eindruck zu erwecken, dass ich beharrlich versuche, das auch zu verdienen. Gibt es etwas Gutes auf Erden, so den Titel eines Freundes, ohne diesen sind alle anderen doch nur absurd. Wie wenige von uns für diese Sache geeignet sind, erfahren wir traurigerweise täglich. Trotzdem, lieber Harry, lasst uns nicht aufgeben und nicht daran verzweifeln, das zustande zu bringen, was die schwierigste & seltenste Sache im Leben ist, denn sie ist auch die beste, nein, vielleicht sogar die einzig gute. Von diesem Gedanken bin ich ganz besessen, seit ich aufs Land gefahren bin. (Nur dort kann ein Mensch nachdenken, denn ihr bei Hofe denkt gar nichts oder zumindest nur so etwas, was man eben denkt, wenn man in einer Trommel eingeschlossen ist: In ihrem Inneren denkt man nur an den Lärm, der um einen herum gemacht wird.)

Ich habe viele ernsthafte Überlegungen über die Freundschaft angestellt und unter anderem bin ich auf eine Maxime gekommen, die man auch Mr. Guy[1] mitteilen sollte: dass wir durch Moral und Ehrbarkeit verpflichtet sind, angemessen für unser Vermögen zu sorgen, denn es ist gewiss, dass nur wenige Leute (wenn überhaupt welche), die finanzielle Schwierigkeiten haben, standhaft und klar in ihren Freundschaften sind. Ein armer Kerl ist ein armseliger Freund, & nicht einer von tausend kann liebenswert zu anderen sein, wenn er sich seiner selbst nicht freut. Aber während ich hier Sprüche klopfe, vergesse ich, dass Ihr all meine Philosophie ohnehin den Hundstagen und dem Alleinesein anlasten werdet.

Um den Unannehmlichkeiten der Einsamkeit und noch manchen anderen zu entkommen, werde ich nächsten Sonntag nach Bath fahren, um den Lord Schatzmeister zu besuchen. Seid doch so höflich oder so lieb (oder ein bisschen von beidem, was besser ist), Euch auch dorthin zu verfügen, wenn wichtige Angelegenheiten Euch nicht in Windsor zurückhalten.

Lieber Harry, ich bin

Euer von Herzen treuer, Euch liebender, ergebener Diener

Rochester

1 Mr. Guy: Der Politiker Henry Guy, ein guter Freund von Rochester und Savile, war ein Genie darin, sich auf die rücksichtsloseste Art zu bereichern (siehe Seite 174). Ohne dieses Wissen könnte man Rochesters Maxime über die Freundschaft fast für bare Münze nehmen.

Rochester in London an seine Frau in Enmore, 1674 oder 1675

Liebe Frau,

ich erhielt Eure drei Portraits & bin in großer Furcht, dass sie Euch ähneln könnten, nach der Größe Eures Kopfes zu urteilen, scheint Ihr unter fortgeschrittener Rachitis zu leiden, Eure gestrenge Miene deutet wohl auf Gebete und Gesichte hin & dabei liegt in den dicken Backen eine Heiterkeit, die nach Wein & Zucker aussieht, & die scharfsichtige Nase hat sich, scheint's, von dem süß riechenden Auge Munterkeit geliehen, & nie zuvor habe ich ein Kinn lächeln, einen Mund die Stirn runzeln & eine Stirn einen Flunsch ziehen sehen, in der Tat, der Künstler hat ganze Arbeit geleistet (Gott erhalte ihn bescheiden) & er muss ein braver Mann sein, wenn ihn seine Talente nicht aufblähen wie seine Bilder. Die nächste Impertinenz, die ich Euch sagen muss, ist, dass ich zu Besuch komme, ich habe zwar Pferde, will aber noch eine Kutsche, & wenn dieser Mangel behoben ist, wird Euch in Kürze auf die Nerven fallen

Euer ergebener Diener.

Empfehlt mich der Mutter, der Schwester, dem Bruder & allen Babys.

Rochester in Adderbury an Henry Savile in London, 1676

Lieber Savile,

heute habe ich die traurige Nachricht von meinem Tod und Begräbnis[1] erhalten. Doch als ich hörte, welche Nachfolger und Erben[2] an meiner Stelle, und besonders in meiner Wohnung, eingesetzt wurden, war es doch keine geringe Freude, dass diese Mitteilung sich als falsch erwies. Meine Lust am Leben hat derart zugenommen, dass ich nun sehr gut Sorge für mich trage, was ich bis dato nie der Mühe wert fand. Der König, der mich als bösartigen Menschen kennt, wird wissen, dass ich in Zukunft gewiss nicht leichthin sterben werde, jetzt, da ich hauptsächlich aus Trotz lebe.

Lieber Mr. Savile, erzählt mir einige Neuigkeiten aus Eurem Land der Lebenden; und obschon ich nur wenig neugierig bin zu hören, wem es gut geht, so wäre ich doch froh zu wissen, dass meine wenigen Freunde wohlauf sind, von welchen Ihr nicht der geringste, wenn auch nicht der dünnste seid. Ich hätte schönere Komplimente für Euch, doch sie würden nicht so aufrichtig erscheinen, wie ich Euch glauben machen möchte, wenn ich erkläre, ich bin –
Euer treuer, Euch liebender, ergebener Diener

Rochester

1 Die Falschmeldung, Rochester sei auf dem Land verstorben, wurde mehrfach verbreitet.

2 Bezieht sich auf die vom König neu geregelte Nachfolge für das Jagdaufseheramt in Woodstock Park

Rochester in Woodstock Park an Henry Savile in London, 1676

Harry,

Ihr könnt den Politiker nicht ganz abschütteln, denn ich merke, Ihr achtet einen Brief gering, wenn er nicht ein halber Staatsanzeiger ist. Nun zu mir, der ich die Welt für ebenso schwindelig wie mich selbst halte und mich wenig darum schere, in welche Richtung sie sich dreht & mich für wenig Neuigkeiten interessiere, außer für das Wohlergehen meiner Freunde und dass sie mich weiterhin mögen, welches der einzige ihrer Irrtümer ist, auf dem ich sie gerne beharren sehe.

Jene, die in unserer kleinen Regierung Karriere machen wollen, scheinen mir lächerlich wie Schuljungs, die unter großen Mühen und auch ein wenig Gefahr auf einen Holzapfelbaum klettern und ihren Hals für eine Frucht riskieren, die ein gesundes Schwein, wenn es nicht am Verhungern ist, niemals anrühren würde. Solche Überlegungen, so müßig sie auch den Vielbeschäftigten erscheinen mögen, würden Euch am Tage manch beschwerlichen Schritt ersparen und Mr. Guy[1] in der Nacht zu manchen Stunden Schlaf verhelfen, die er sonst entbehrt. Doch Guy möchte nun einmal reich werden, und meiner Treue, in diesem Plan liegt einiger Verstand. Bitte richtet ihm meine Grüße aus und sagt ihm, ich wünsche ihm viele Millionen, auf dass seine Seele Ruhe finde.

Ihr schreibt mir, dass ich bei einem gewissen Dichter[2] in Ungnade gefallen sei, welchen ich stets für das Missverhältnis bewundert habe, das zwischen ihm selbst und seinem guten Ruf besteht. Er ist eine Kuriosität, von der ich angetan sein muss, wie etwa von einem Hund, der die Geige spielen kann, oder von einer singenden Eule. Wenn er mit stumpfem Rapier einen Ausfall macht, welches seine beste Geisteswaffe ist, so werde ich ihm, mit Eurer Zustimmung, vergeben und die Riposte dem Schwarzen Hans mit der Keule überlassen.

Und nun, lieber Harry, wenn es Euch die Geschäfte erlauben, Euch in diesem Sommer auf dem Land blicken zu lassen, so stellt doch eine Gesellschaft zusammen, die sich nicht geniert, in Woodstock Park vorbeizuschauen.

Rochester

1 Mr. Guy: siehe Seite 172

2 John Dryden. Rochester hatte ihn zuerst protegiert, dann hatten sie sich heftigst zerstritten und schließlich, so wird behauptet, war Rochester sogar Mitorganisator einer Bande, die Dryden auf offener Straße verprügelte.

Rochester in Woodstock Park an seine Frau in Adderbury, 1677

Liebe Frau,

ich habe Euren Boten zum Abend hin geschickt, um Euch den Kummer frühen Aufstehens zu ersparen, ich hoffe, Ihr habt Eurerseits nicht vor, mir wieder eine Nachricht zu senden. Der Duke of Buckingham kam heute Abend & bleibt zwei Tage, ich muss ihm meine Kutsche leihen, deshalb bitte schön schickt sie mir. Mein Gesundheitszustand ändert sich, ich hoffe zum Besseren, die Schmerzen sind fast fort & mein Rheumatismus entwickelt sich zu einer aufrechten Gicht, mein Blutpissen ist nichts, sagt Dr. Wetherly, meine Augen sind fast hin, aber er sagt, das ist nicht so schlimm, ich soll schön Fleisch essen und Medizin trinken,

Gott segne Euch
Rochester

Rochester in Woodstock Park an Henry Savile in London, 1677

Lieber Savile,

obwohl ich fast blind, völlig lahm und jenseits jeder vernünftigen Hoffnung bin, London jemals wiederzusehen, so bin ich doch noch nicht so gestorben, als dass mich ein lieber Brief eines alten Freundes nicht wieder beleben würde, könnte er mich in Gedanken doch längst beiseite gelegt oder schon ganz vergessen haben. Ich hielt Euch stets für einen außergewöhnlichen Menschen & muss Euch nun auch für einen außergewöhnlichen Freund halten, da Ihr, als Mann des Hofes, jemanden noch lieben könnt, den zu hassen die große Mode ist.

Bezüglich meines scheußlichen Benehmens, von dem Euch berichtet wurde, und zwar dass ich nackend in der Welt umherliefe, stimmt das Folgende: dass wir spät im Jahr im Fluss badeten und dann ungefähr vierzig Yard weit in der Wiese umhertollten, um uns zu trocknen. Ich werde mich an den König & den Duke of York wenden, ob sie so etwas selbst niemals taten - nein, auch noch den Lordkanzler & den Erzbischof will ich befragen über ihre Schulzeit -, wobei ich allerdings hörte, dass der eine als Knabe schon ciceronische Reden hielt und der andere predigte wie der heilige Augustinus. Deshalb muss ich wohl schließen, dass beide schon im Kinderkleidchen viel vernünftiger waren, als irgendjemand aus der albernen Bande (in welcher ich das wohl unanständigste Mitglied bin) selbst im reifen Mannesalter jemals zu werden hoffen darf.

Und nun, Mr. Savile, da Ihr Euch also darin gefallt, Euch selbst als einen der gewichtigen Männer zu zitieren, die über diesen Vorfall empört gewesen seien, so ruft Euch doch bitte das Jahr 1676 in Erinnerung, als zwei dicke fette Nacktheiten die Courante um die schöne Rosamundenquelle anführten, bis der armen beleidigten Nymphe die Tränen kamen ob des merkwürdigen Niedergangs der männlichen Anatomie seit den Tagen ihres geliebten zweiten Harry[1]. Von Schwanz, ich gesteh's, war bei Euch nicht viel zu sehen; doch was Hintern beziehungsweise Arschbacken anging (Herrgott, eine viel ärgere Zurschaustellung!), so zeigtet Ihr von diesen Euren zwei gewaltigen Foliobänden mehr, als wir alle zusammen von unseren sechs Quartbändchen. «Und des Balkens in deinem Auge wirst du nicht gewahr», etc.

Und nun ist es Zeit, Euch zu danken für Eure Einladung, nach London zu kommen, um dort Holländern gute Laune zu machen. Dies vermiede ich ebenso gerne wie das Bettwanzenknacken, denn holländische gute Laune ist noch weitaus abscheulicher. Wenn Gott gnädig ist und Holländer still und melancholisch stimmt, wecke nie ihre schlafende Heiterkeit, denn sonst muss die ganze Stadt in Trauer gehen. Doch der Prinz von Oranien ist natürlich ein ganz besonderer Holländer, und ich könnte mir seinetwegen fast wünschen, ich wäre in der Stadt, um ihm mit einigen verfeinerten Gefälligkeiten zu Diensten zu sein, für die Ihr, Mr. Savile, viel zu holländisch seid, um sie Euch auch nur vorzustellen.[2]

Das beste Geschenk, das ich Euch eben machen kann, ist der Überbringer dieses Briefes[3], um den Ihr Euch bitte kümmert & dafür sorgt, dass der König seine Musik zu hören bekommt, denn ich bin mir sicher, dass sie ihn sehr unterhalten wird. Möge sein Sinn stets voll der Harmonie sein, welche dieser Junge in seine Ohren träufelt. Möge er schön träumen, froh erwachen, sicher und zärtlich lieben, lange und glücklich leben! So bete ich, lieber Savile, *un bougre lasse qui era toute sa foutue reste de vie votre fidèle ami et très humble serviteur*[4]

Rochester

1 Anscheinend sind Rochester, Savile und andere im Jahr 1676 nackt um Rosamund's Well in Woodstock Park gerannt. Die Hirtin Rosamunde war nach der Legende die Geliebte von King Henry II. «Dicke fette Nacktheiten»: Saviles dicker Hintern.

2 Savile hatte Rochester gebeten, in Whitehall zu helfen, die angeödeten Herrschaften im Gefolge Wilhelms III. von Oranien zu unterhalten. Wilhelm verhandelte in London über seine Heirat mit Prinzessin Mary, der Tochter des Duke of York, und war bekannt für seine homosexuellen Neigungen. Er wurde 1689 König von England.

3 Ein junger französischer Musiker.

4 «Ein müder Sodomit, der für den Rest seines beschissenen Lebens Euer treuer Freund und ergebenster Diener bleiben wird».

Rochester auf dem Land an Henry Savile in London, 1677

Harry,

seit zehn Jahren nun kennt Ihr mich als Belästigung aller verständigen Menschen, als geflügeltes Wort von Politikern, als Gegenstand der Verachtung hässlicher Damen (also fast aller) & des tiefsten Abscheus aller wohlerzogenen Gentlemen, jener Zierden der Nation; und dennoch saht Ihr mich selten traurig, selbst angesichts solch gewichtiger Bedrängnis. Könnt Ihr Euch vorstellen, dass nun dürre Arme, magere Beine, rote Augen und eine rote Nase (falls Ihr jene Kleinigkeit ebenfalls bedenken mögt) die Macht besitzen, die natürliche Heiterkeit meiner leichtfertigen Seele zu ersticken? Selbst nach Empfang eines schönen Briefes von Mr. Savile, dem es niemals an Geist und Freundlichkeit mangelt, zwei Qualitäten, die mein Herz immer mit Freude erfüllen würden, selbst wenn es bricht!

Ich wundere mich zu hören, dass Lord Manchester bei Hof in solch hübschen Kleidern paradiert. Gewiss hat er sich sehr verändert, seit ich ihn zum letzten Mal sah, denn seit ich mich erinnern kann, ging weder er noch einer seiner Diener jemals anders als in Lumpen. Von all seinen Leuten war nur der Page gut gekleidet, und auch das nur dem Anschein nach, denn seine Schuhe waren immer aus zweiter Hand, ebenso wie die Fotzen seiner Lordschaft; wobei ich, ihm zu Ehren, zugeben muss, dass er Letztere öfters wechselte.

Ich wünschte, jemand beriete den König vernünftig, welchen besonderen Vorteil diese Heirat[1] hätte, was leicht übersehen werden könnte: Ich meine die Befreiung des Königreichs von einigen lästigen alten Schönheiten und jungen Missgeburten, von denen es hier nur so wimmelt. Ein ausländischer Prinz sollte sich wie ein Falke benehmen, der zuerst ein königliches Hühnchen für sich selbst schlagen darf, dann jedoch, bevor er das Land wieder verlässt, die Gegend im Umkreis von vielen Meilen von Unrat und Kadavern säubern muss. Eine solche Chance hatte der König noch nie, denn die Holländer sind Aasfresser, und was selbst sie noch zurücklassen, wird ihm niemand mehr forträumen, außer er richtet seine Machenschaften in Zukunft auf Tataren und Kosaken.

Was das Schmähgedicht angeht, wovon Ihr erzählt, das über die vollends witzlose Generation der heutigen Dichter herzieht, freue ich mich mit ganzem Herzen darüber und wäre Euch verbunden, wenn Ihr mir eine Kopie schicktet. Und nun, lieber Mr. Savile, verzeiht mir, wenn ich mich nicht mit einem ansehnlichen Kompliment außer Atem bringe.

Rochester

1 Heirat des Prinzen von Oranien mit Prinzessin Mary (siehe Seite 178)

Rochester in Adderbury an Henry Savile in London, 1678

Lieber Savile,

wäre ich so müßig wie einst, was ich, falls meine

Gesundheit es erlaubt, vielleicht bald wieder sein werde, so schriebe ich Euch eine kleine Romanze und veranlasste die Sonne, die Dächer der Paläste in der Leather Lane[1] mit ihren zerzausten Strahlen zu vergolden. Zunächst würden in dieser Romanze die schändlichen Zauberer Barten und Ginman[2] ihre illustren Gefangenen an Quecksilberketten führen und sie durch Hexerei an die verhassten Ufer des totenstarren Arzneimittelsees bannen, dann würdet Ihr, mein Freund, auftreten und das schreckliche Schweigen brechen, indem Ihr die vornehm-leidenschaftlichsten Dinge sagtet, die je ein heroischer Liebhaber von sich gab, worauf sodann Mrs. Roberts[3] auf die sanfteste und süßeste Weise antwortete, um dreist unterbrochen zu werden vom eifersüchtigen Fanshaw[4]. So würde ich die jammervolle Geschichte fortführen, bis der geneigte Leser die Namen solch tragisch Liebender im Tränentribut seiner Augen badete, und jene Romanze wäre die hervorragendste Feier des Angedenkens all meiner syphilitischsten Freunde, Gefährten und Geliebten.

Es ist doch eine wunderliche Sache, wenn ein Mann, der mit einem Fuß im Grab steht, nicht aufhören kann den Narren und Komiker zu spielen. Doch so ist es mir nun einmal bequem, denn ich erlitt eben einen verdammten Rückfall, den ich dem Fieber zu verdanken habe, den Nierensteinen und noch zehn anderen Krankheiten, und welcher mich der Fähigkeit des Herumkriechens beraubt hat, welche ich vor einigen Tagen noch stolz mein Eigen nannte. Und nun fürchte ich, ich werde fallen, auf dass erfüllt sei, was vor langer Zeit, uns zur Belehrung, in jener guten alten Ballade prophezeit wurde:

But he who lives not wise and sober,
falls with the leaf still in October.

Bis dahin wird, in aller Wahrscheinlichkeit, noch ein wenig Zeit vergönnt sein
der lachhaften Existenz
Eures ergebenen Dieners
Rochester

1 Straße in Holborn. Savile unterzog sich dort einer Schwitz- und Quecksilberkur gegen die Syphilis (siehe Seite 26).
2 Quacksalber in der Leather Lane
3 Jane Roberts, Schauspielerin und Geliebte von Savile, Rochester, des Königs und vieler anderer, starb 1679 an der Syphilis. «Was sie erlitt», schrieb Savile, «würde eine verdammte Seele zum Lachen bringen angesichts ihres leichteren Schicksals.»
4 Ein guter Freund von Rochester und Savile und ebenfalls ein Leidensgenosse. «Er ist nicht sehr verändert», berichtete Savile, nachdem er Fanshaw nach einer Quecksilberkur wiedertraf, «nur sein Mund steht jetzt schief im Gesicht. Lahm ist er noch immer, aber nun auch noch so abgemagert, dass er drei Flanellröcke übereinander anzieht.»

Rochester in London an Henry Savile in Paris, 1679

Harry,

ich bin in großer Verlegenheit, wie ich Euch schreiben soll. Im Geschäftsstil bin ich nicht versiert und unseren vertraulichen Ton von früher habt Ihr vielleicht schon vergessen. Wie eine politische Mission[1] einen Menschen verändert, kann man sich gar nicht vorstellen, aber welches Amt auch immer Ihr innehabt, Euch traue ich voll und ganz, so gut kenne ich Euch und so sehr liebe ich Euch.

Wir befinden uns hier so wohl, glücklich & sicher, dass ich, wenn ich nicht so krank wäre, meine Zeit sehr gut aufteilen könnte zwischen meiner eigenen Bösartigkeit, die keine Lust dazu hat, die Missgeschicke miserabler fehlgeleiteter Narren zu bedauern, und den Sitten der Zeit, die täglich neue Kuriositäten dieser Sorte zutage bringt. Die Nachrichten, die ich Euch gerne schickte - denn nichts anderes wäre für Euch eine Neuigkeit -, sind Dinge *Gyaris et carcere digna*[2], die ich dem hübschen Tölpel, der diesen Brief überbringt, nicht anvertrauen kann. Ich empfehle ihn von Herzen Eurer Gunst und Protektion, seine Qualitäten werden ihn Euch gewiss noch mehr empfehlen. Fürwahr, falls es Euch genehm wäre, in Eurer freien Zeit Mr. Baptists[3] Bekanntschaft zu machen, das frohe Ergebnis wäre ... Gesang, würdig der größten Gesandten der Welt und gewiss auch nicht verachtet von einem päpstlichen Legaten. Die vornehmsten und gewichtigsten Hofleute beiderlei Geschlechts haben von Mr. Baptists Schönheit schon gekostet und ich versichere Euch, in diesem Punkt hat Rom uns fast schon erobert. In keiner Hinsicht wird das Komplott mit ähnlich großer Umsicht und Kraft fortgeführt und die Zahl der Bekehrten nimmt täglich zu.[4]

Viele wertvolle Abhandlungen vom Hof könnte ich Euch zukommen lassen, doch ich wage nicht, sie zu schicken, da ich nicht weiß, welche Folgen sie hätten für Eure Umstände und Euer Befinden. Falls dieses indes eine Korrespondenz solchen Inhalts zulässt - denn zu nichts anderem sehe ich mich in der Lage -, würde ich mit allem Fleiß in dieser

Weise oder einer anderen danach streben, Euch daran zu hindern, zu vergessen –
Euren sehr verbundenen, Euch liebenden, ergebenen Diener

Rochester

1 Savile war als englischer Gesandter in Paris.
2 «Für die man auf (die Sträflingsinsel) Gyara oder in den Kerker kommt» (Juvenal)
3 Rochester schickte seinen Pagen und Geliebten Jean Baptist de Belle-Fasse mit diesem Brief nach Paris. Mr. Baptist scheint wenig später versucht zu haben, Rochester zu erpressen, was Savile verhinderte. Als Rochester im Sterben lag, war Mr. Baptist längst wieder bei ihm.
4 Die Homosexualität ist für Rochester eine katholische Sitte; mit «Komplott» ist der «Popish Plot» von 1679 gemeint, eine vermeintliche papistische Verschwörung gegen den König, die England an den Rand des Nervenzusammenbruchs trieb und großes politisches Unheil anrichtete. Man befand sich in London selten weniger «glücklich, wohl & sicher» als in diesen Tagen.

Rochester an seine Frau in Adderbury, 1680 (Fragment)

So groß ist das Missverhältnis zwischen unseren Begierden und dem, womit uns beschieden ist sie zu befriedigen. Und wenn Ihr sagt, dies sei Hochmut und Wahnsinn, denn es gebe schließlich Menschen, die mit ihrem Anteil an dieser Welt so vollkommen zufrieden seien, dass weder ihre Wünsche noch ihre Gedanken nach mehr Glückseligkeit und Glanz streben, so werde ich Euch erwidern: Befände sich eines solchen Menschen Seele in einem Körper, der für sie passt, so wäre er ein Hund. Denn nur einen Hund dünkt alles eine Wohltat, was durch Schmeichelei, Furcht und Demut zu erreichen ist.

Rochester in Woodstock Park an Dr. Thomas Pierce in Oxford, 1680

Meine Krankheit schwächt meinen Geist fast so sehr wie meinen Körper, doch in Anbetracht der Offenheit und großen Güte, die Eure natürliche Milde mir stets entgegenbrachte, bin ich überzeugt vom Gelingen meiner Zeilen, welche nur unvollkommen die Sorgen meines demütigen und betrübten Geistes ausdrücken können und auch dem großen Trost nicht gerecht werden, den Eure unerschöpfliche Güte, Bildung und Frömmigkeit den ermattenden Seelen armer Sünder spendet, so dass ich aufrichtig sagen kann, ein heiliger Mann! Euch verdanke ich all den Trost, den ich genießen darf, wenn ich Gottes Gnade gegen meine Verzweiflung anrufe, und der mich aufrecht erhält unter dem Gewicht jener großen und gewaltigen Sünden, die mein verruchtes und ungezügeltes Leben auf mich gehäuft hat. Wenn es Gott gefällt, mich noch ein wenig länger hier verweilen zu lassen, habe ich unumstößlich beschlossen ein neuer Mensch zu werden und den Schmutz meines unzüchtigen Wandels mit meinen Tränen fortzuwaschen und über die gottlosen und unheiligen Gräuel meines früheren Tuns zu weinen. So soll die Welt sehen, wie sehr ich die Sünde und die Erinnerung an jenes verderbte und unreine Leben, in dem ich einst schwelgte, verabscheue – denn dies sind die Dinge, derer ich mich nun schäme, wie mich der Apostel lehrt.

Oder wenn es Sein Wille ist, meinen Tagen jetzt ein Ende zu setzen, so bete ich, dass Er meinen letzten Seufzer mit Gnade aufnehme, und dass der Opferrauch meines Sterbebettes Seiner Nase nicht zum Ekel gereiche und Er mich nicht wie Kain von seinem Angesicht stoße. Betet für mich, lieber Doktor, und ihr alle, die ihr Gott nicht vergessen habt, betet inbrünstig für mich. Nehmt den Himmel mit Gewalt ein und lasst mich mit Euch eintreten, als sei ich verkleidet, denn ich wage nicht, vor der furchtbaren Hoheit des Einzig Heiligen zu erscheinen, den ich so oft beleidigt habe. Mahnt alle meine Freunde und Gefährten, dass sie wahrhaftig und aufrichtig Buße tun, solange noch Tag ist, bevor die Stunde des Zorns kommt und alles zu Ende ist. Sagt ihnen, dass die Sünde wie das Buch des Engels in der Offenbarung ist, süß im Mund, doch im Bauche bitter. Sagt ihnen, dass Gottes nicht zu spotten ist, dass Er der Eine Heilige Gott ist, dem zu dienen sei in Demut und Reinheit. Heißt sie sich zu beeilen, denn es kommt die Nacht, da niemand wirken kann. Oh, auf dass sie klug seien, dass sie dies bedächten, und nicht wie ich, ich Elender, es verzögerten bis zu ihrem Ende! Betet, lieber Sir, betet unablässig für Euren armen Freund

Rochester

Diktiert wenige Tage vor Rochesters Tod. Dr. Thomas Pierce war ein populärer Theologe an der Universität Oxford und einer der vielen Geistlichen, die Rochester während seiner letzten Krankheit zur Seite standen.

Verzeichnis der Gedichte

Bibliographie

Adlard, John (Hg.): *The Debt to Pleasure. John Wilmot, Earl of Rochester, in the Eyes of his Contemporaries and in his Own Poetry*. Manchester 1974

Burnet, Gilbert: *Some Passages of the Life and Death of the Right Honourable John Earl of Rochester*. London 1680

Farley-Hills, David (Hg.): *Earl of Rochester. The Critical Heritage*. London 1972

Fisher, Nicholas (Hg.): *That Second Bottle. Essays on John Wilmot, Earl of Rochester*. Manchester & New York 2000

Goldsworthy, Cephas: *The Satyr. An Account of the Life and Work, Death and Salvation of John Wilmot, Second Earl of Rochester*. London 2001

Greene, Graham: *Lord Rochester's Monkey*. London 1974

Lamb, Jeremy: *So Idle a Rogue. The Life and Death of Lord Rochester*. London 1993

Pinto, Vivian de Sola: *Enthusiast in Wit: A Portrait of John Wilmot, Earl of Rochester*. London 1962

Vieth, David M. (Hg.): *John Wilmot, Earl of Rochester. Critical Essays*. New York & London 1988

Williams, Charles: *Rochester*. London 1935

Wilson, John Harold: *The Court Wits of the Restoration*. New York 1967

Der englische Text der Gedichte basiert auf den Editionen von David M. Vieth (*The Complete Poems of John Wilmot, Earl of Rochester*, Yale 1968) und Harold Love (*The Works of John Wilmot, Earl of Rochester*, Oxford 1999). Die Orthographie ist modernisiert.

Die Briefe sind nach den Ausgaben von John Harold Wilson (*The Rochester–Savile Letters 1671–1680*, Columbus 1941) und Jeremy Treglown (*The Letters of John Wilmot, Earl of Rochester*, Chicago 1980) übersetzt.